诗颂山西

张恒 注译

山西出版传媒集团 山西教育出版社

图书在版编目（CIP）数据

诗颂山西/张恒注译. —太原：山西教育出版社，2018.10
ISBN 978-7-5440-9941-7

Ⅰ. ①诗… Ⅱ. ①张… Ⅲ. ①古典诗歌-诗集-中国
Ⅳ. ①I222.72

中国版本图书馆 CIP 数据核字（2018）第 144074 号

诗颂山西
SHISONG SHANXI

责任编辑　郭志强
助理编辑　晋晓敏
复　　审　刘晓露
终　　审　杨　文
装帧设计　王耀斌
印装监制　蔡　洁

出版发行　山西出版传媒集团·山西教育出版社
（太原市水西门街馒头巷7号　电话:0351-4729801　邮编:030002）
印　　装　山西三联印刷厂
开　　本　720×1020　1/16
印　　张　9.75
字　　数　159 千字
版　　次　2018 年 10 月第 1 版　2018 年 10 月山西第 1 次印刷
书　　号　ISBN 978-7-5440-9941-7
定　　价　38.00 元

前言：山河表里秀 诗情上碧霄

《诗颂山西》即将付梓发行，在非常感谢山西教育出版社厚爱的同时，窃以为还须絮叨几句，且容我先从生我养我的故乡说起。

君不见，雄奇的黄河流水，浩浩荡荡，滚滚滔滔，从古老中华遥远的西北腹地一路走来，又跨过河套平原调头南下，奔腾呼啸，汹涌澎湃，在千转百折的不屈不挠中，冲破了一道道崇山峻岭，而从辽阔壮丽的黄土高原中部，裂开了一条气势磅礴亦复多彩多姿的金色水路。宛然巨龙般的长河，也为我们伟大的民族耸立起一轴万古不朽、无与伦比的精神图腾。

雄伟的太行丛山，郁郁葱葱，苍苍莽莽，从几十亿年地壳运动的缓缓褶皱中隐隐隆升，推高了层叠起伏的峰峦，劈出了纵横交错的沟壑，由北向南绵亘蜿蜒，变幻出无数鬼斧神工般的奇绝景观。同时，又仿佛是在黄土高原外侧的尽头，为之镶嵌了一幅凹凸错落的微翘的裙边，也与濒临渤海、黄海的广袤平原，划定了一条仿佛有棱有角的鲜明界线。

于是，就在黄河之东、太行之西，慷慨无私的大自然便恩赐了这样一方浑厚的天地。因其位于黄河之东，所以古代泛称河东；因其位于太行之西，所以后来称作山西；若是驻足北方登高南望，太行之西就是太行之右，因此别称山右。因为东周的晋国曾被赵、魏、韩三家重卿瓜分，所以又称三晋。而倘若将山西的版图凌空扫视，那么黄河就是其西陲的屏障、牢固的护卫，太行就是其东厢的倚靠、坚实的廊柱。所以，再加上境内之群山林立，最早在《左传》中就已经记述了山西“表里山河”的美誉。

拥有如此独特的地理优势，以及曾经拥有的温润原野、丰腴川泽，使得十万年前“丁村人”即已在这里点燃了远古人类的生存篝火。四千年前，以“陶寺遗址”为中心的先民群落，为我们遗留了一幅或许就是唐尧乃至虞舜时期的社会画卷。春秋时期，执“诸侯牛耳”的晋文公，正是从这里挥军远征，一战而霸，开创了盛极几代的恢宏伟业。战国时期，“胡服骑射”的赵武灵王，也是从这里发轫，启动了彪炳典籍、影响深远的军事改革。汉朝时武帝出击匈奴，立下盖世丰功的就是山西籍统帅卫青、霍去病。而三国时期鼎鼎大名的山西英雄关羽，更已作为“武圣”升格为炎黄忠义道德文化中一尊威凛的偶像。

隋朝末年，被称为“太原公子”的李世民助父起兵，缔造了文治辉煌、武功璀璨的唐王朝，他亲撰亲书的碑铭至今仍肃立在晋祠殿堂。嗣后，出类拔萃的文水女杰武则天，又成就了我国政治史上石破天惊、空前绝后的女皇奇勋。宋朝时，抗击边患的杨家将，正是在山西北部谱写了喋血沙场的悲情壮举。撰制史学巨著的司马光与名臣文彦博，也是在山西的家乡夏县与介休，留下了砸缸救友以及灌水浮球的童年佳话。在元朝，是诸多山西才子的率先拓进，联手将我国的戏剧与小说推向了绚丽的巅峰。明朝初年，是山西数十万离乡背井的大槐树移民，为战火纷飞后的中原经济恢复付出了血与汗的牺牲。继而，又是一代一代山西人士的筚路蓝缕，终于托起一支纵横海内外五百余年的晋商劲旅。及至清朝，山西的钱庄票号，更以“一纸风行，汇通天下”的创新胆识引领金融，为我国现代银行业提供了具有滥觞意义的路径启迪。

凡此种种，不一而足。山西，在灿烂的历史长河中，曾经闪耀过千朵万朵激越的浪花；为中华文明缤纷五彩的殿宇，增添了光芒四射、数不胜数的星座。多少年来，一代一代俊杰贤达、官绅士民，在这里吟诵，在这里咏歌，留下了大量精美的诗作，构成了三晋经籍宝藏中弥足珍贵的遗产。所以，作为一名山西人，我虽然不至于眼睛里常常含着泪水，却无疑也是深深地爱着这方土地。而作为一名忝列行当的文学教师，更是对这些锦心绣口的文字，吉光片羽般的生命碎影，备极赞叹，无比倾慕。

有鉴于斯，很早以前我就有了一个夙愿，希望能通过较为详细的搜索、挖掘、钩沉、筛取，确定一些典型性的优秀诗作，完成一册乡土色彩浓郁的高品位读物，一本雅俗共赏、士庶咸宜、能博得不同群体喜好的上乘图书，争取为更多读者提供一份更具普及功效的精神美餐。可是，尽管我也林林总总做过几番准备，却因为工作繁忙甚难分身。直到年过古稀，冗杂渐少，才多少沉静了下来。于是，才在近几年有了某些笔耕小成，才有了这本书的最终面世。

《诗颂山西》以颂为宗旨，以山西为范畴，从西周起直至晚清，遴选了72位名家、巨子写在山西也基本属于讴歌山西的72首古典诗作，并逐一予以白话译读，逐一简述所附载的精华史略、精彩逸事。之所以限定为“一人一诗”，其目的就是尽量大幅度展示众多先哲的斑斓文踪，大范围叙说山西远去往昔的不同层面，涵盖山西山川风物的主要亮点。所以，诗未必均系作者的代表作，却无一不是凝缩着山西世事沧桑、镂刻着山西岁月芳迹且与山西的地理人文、名胜景观相映生辉的隽永篇章。

我也真诚期盼，这些诗作以及自己力求珠联璧合的译读，能够使览阅此书的诸君，通过古典与现代的对接、文言与白话的互动，更顺畅地贴近这些诗家的独特心志，更便捷地涉入其着力营造的艺术境界，品嚼其妙趣，感悟其魅力，吸纳其精髓，在获得舒心快意的审美愉悦之同时，进而领略山西历史文化的厚重典雅乃至个中绽放的崇高神圣的中华魂。如果，读过本书的每一位三晋同胞，能够更加熟悉山西、热爱山西，增添一份家国情怀；读过本书的每一位外地人士，能够更加了解山西、亲近山西，增添一些友好的记忆与认知，即于愿足矣。当然，我也斗胆奢望，拙作能够成为一本无愧先哲、无怍后昆、无负于时代与未来的书，一本多年之后仍会有人抬爱、有人垂顾的书。

前言结束之际突然想到，是不是应该为之加个标题呢？是不是应该将本书的内容特色给出个一目了然的概括呢？思索之再，脑海里终于蹦出这样两句“山河表里秀，诗情上碧霄”，前者即来自《左传》中对于山西的美誉，后者则取自唐代著名诗人刘禹锡的《秋词》。就让我借此，表达一名蹩脚学人对于桑梓之地的敬畏以及对于降生于此的这些奇葩之作的崇仰之心吧！

最后，谨向山西教育出版社全体，向雷俊林社长、刘立平总编辑，向责任编辑郭志强、晋晓敏，美术编辑王耀斌等老师，一并致以谢意！也恳请各路方家、各位读者，对拙作的疏漏、瑕疵以及失当失误之处，直言指斥，不吝赐教！

二〇一八年六月六日

目　录

目　录

目　录

目　录

1. 诗经：《扬之水》

《诗经》是我国西周到春秋五百多年的诗歌总集，包括“风”“雅”“颂”古代诗歌共计305篇。西周初年分封诸侯，周成王之弟叔虞受封唐国，故世后其子燮父改唐为晋，晋国历史即由此肇始，故土在今山西翼城、曲沃县一带，《诗经》“风”中的唐风12篇就是流行于这一地区的歌谣。其中，历史信息最为丰富的就是《扬之水》。

从燮父起，晋国君位的承继一直遵循着西周礼制，由嫡长子再传长子不断延续，谓之“大宗”，其余子系均属“小宗”。到了公元前746年，晋昭侯却将“小宗”的叔父桓叔分封到曲沃。当时的曲沃并不等同于今日曲沃，只是一个面积有限的城池，但还是大过了晋国的都城“翼”。昭侯此举不合礼制，但很可能是出于对“小宗”势力上升的被迫无奈。且这位桓叔特别擅长笼络民心，以“好德”名重一时，致“晋国之众皆附”。几年后，桓叔果然串通内应害死昭侯，准备登基，却遭到“大宗”的激烈反抗，拥立昭侯之子孝侯继位。桓叔失利退返曲沃，双方则公开决裂。继而，经过60多年的血腥缠斗，孝侯等五位国君被弑，一位国君被逐，“小宗”最终灭掉“大宗”夺得政权，史称“曲沃代翼”，也成为晋国走向强盛的划时代事变。

有古籍载，《扬之水》正是产生于这样背景的诗作，主旨是“刺晋昭公也”，因其“分国以封沃”之误，使曲沃“盛强”自己“微弱”，国人“乐从桓叔”而去投奔，闻知将要谋杀昭侯“不敢以告人”，是“欲其事之成也”。但也有说法是，昭侯时“晋人之心尚未涣散”，跟从桓叔者均“沃之党也”，因此才有“不敢以告人”的忧虑。另外，《扬之水》还有男女约会的情诗之说，从“风”多为民歌而言，或许此说更有道理。

扬之水，	扬着清波的水流啊，
白石凿凿[①]。	白白的石子明光闪烁。
素衣朱襮[②]，	身穿那衬有红色衣领的素衣，
从子于沃[③]。	为投奔您而赶到了“沃”。

既见君子，	拜见了仰慕已久的君子，
云何不乐？	还会有什么不觉得快乐？
扬之水，	扬着清波的水流啊，
白石皓皓④。	白白的石子净洁圆舒。
素衣朱绣⑤，	身穿那镶有红色饰纹的素衣，
从子于鹄⑥。	为投奔您而赶到了“鹄”。
既见君子，	拜见了仰慕已久的君子，
云何其忧？	还会有什么能感到烦忧？
扬之水，	扬着清波的水流啊，
白石粼粼⑦。	白白的石子澄澈晶莹。
我闻有命，	听到了密谋举事的使令，
不敢以告人。	我可是一点也不敢泄露于人。

【注释】

① 凿凿：形容鲜明。

② 襮：读作 bó，饰有花纹的衣领，也有衣袖一说。

③ 沃：即晋昭侯叔父桓叔所封之曲沃。

④ 皓皓：形容洁净。

⑤ 绣：用彩线织出的衣服装饰。

⑥ 鹄：临近曲沃某地，据称在今曲沃县安鹄村，一说即指曲沃城邑。

⑦ 粼粼：形容清澈。

2. 诗经：《汾沮洳》

西周初年分封诸侯，有一位名字已经失传的王族，受封于今山西芮城和陕西大荔县一带，建立了古魏国。但在公元前661年，古魏国被晋国献公攻占后灭亡。《诗经》“风”中的魏风7篇，就是流行于这一地区的歌谣。其中的《汾沮洳》，则是非常明确地标有山西专属名称的唯一的篇章。

《汾沮洳》中的“汾”，即发源于山西管涔山麓、纵贯山西中南部而汇入黄河的汾河，“沮洳”指的是汾河边的低湿之处。诗的主旨，古代学者的解释是“刺俭也”，表现的是魏国堂堂的国君到河边去采这个采那个，虽然“俭以能勤”美德高尚，但这一类公卿都不应该做的事却自己亲为，所以讽刺其有失体统“不得礼也”。另有学者认为，诗是称颂君子的“盛德而卑”，这样的君子有“主善之心”，却无居高傲下的“胜人之色”，又能够“应物而不穷”采食以自给，其品格超过了诸多达官显宦，所以“虽在下位，民愿戴之”，想不获得尊敬也必定会赢得尊敬。但近代闻一多先生提出，诗其实是一位女子思慕男子之作。如果跳出古代学者对于《诗经》的道学化强解的误区，此说应该最符合情理，《汾沮洳》就是一篇表现普通女子暗自赞美所欣赏的男士的诗章。

彼汾沮洳[①]，	就在那汾河边的低湿之处，
言[②]采其莫[③]。	有一个人儿正专心采“莫”。
彼其之子，美无度。	看那位少年，帅气得真是难以量度。
美无度，	帅气得难以量度啊，
殊异乎公路[④]。	远胜过掌管君王车驾的那帮臣仆。
彼汾一方，	就在那汾河边的平阔之处，
言采其桑[⑤]。	有一个人儿正专心采“桑”。
彼其之子，美如英[⑥]。	看那位少年，帅气得真是如花初放。
美如英，	帅气得如花初放啊，
殊异乎公行[⑦]。	远胜过统领君王护军的那帮官长。

彼汾一曲，	就在那汾河边的弯曲之处，
言采其藚[8]。	有一个人儿正专心采“藚”。
彼其之子，美如玉。	看那位少年，帅气得真是恍若宝玉。
美如玉，	帅气得恍若宝玉啊，
殊异乎公族[9]。	远胜过君王公侯的那帮贵族子弟。

【注释】

① 沮洳：读作 jù rù，低湿地，也指润泽之处。

② 言：文言文中的语气助词。

③ 莫：即酸模，一种多年生草本植物，可供药用，嫩茎叶也可食用。

④ 公路：掌管国君、王公出行路车的官吏，或兼指随驾武士，有仪仗性质，故多为美男。

⑤ 桑：指桑树叶，可用以养蚕。

⑥ 英：本义为有花而不实的蓓蕾，也指花。

⑦ 公行：统领国君、王公护驾兵车行列的官吏，或兼指武士，故也多为美男。

⑧ 藚：读作 xù，一种药用植物即泽泻草，块茎呈类球形，也可食用。

⑨ 公族：掌管国君、王公宗族事务的官吏，也指国君的非嫡系家族成员。

3. 伯夷、叔齐：《采薇歌》

伯夷、叔齐，生卒年不详，商周之交著名的两位高士，被孔子赞为“不降其志，不辱其身”的“古之贤人”，被孟子赞为圣人中之“清者”，也是我国传统节义教育的典范性人物，司马迁在《史记》中曾以“列传第一”为之立传。

伯夷、叔齐本是商末小国孤竹国，大约在今河北卢龙一带“孤竹君之二子”，按照古代“伯仲叔季”的兄弟排行，两人应是长子与三子，夷、齐可能是他们死后的谥号。孤竹君生前曾“欲立叔齐”为嗣，父死后叔齐却决心让位于兄长伯夷，伯夷则因“父命”坚决不从，竟至出逃，“叔齐也不肯立而逃之”，国人只好另立“中子”为君。出逃后的伯夷、叔齐闻知周文王圣明，就一道投奔。到达后恰逢文王故世，其子周武王供着文王灵牌，准备兴师讨伐商纣王。两人立即“叩马而谏”不让出兵，声称“父死不葬”却妄动“干戈”，“可谓孝”吗？举旗造反“以臣弑君”，“可谓仁”吗？武王部下想杀之，姜太公制止道“此义人也”，令“扶而去”。武王灭商后天下归顺，伯夷、叔齐却视作奇耻大辱，发誓“不食周粟”拒绝吃周朝的米粮，而跑到首阳山隐居，勉强“采薇而食”，最后“及饿且死”，死之前作此《采薇歌》明志。

首阳山在哪里？东汉经学家马融认为“在河东蒲坂”，即今山西永济中条山麓紧临黄河的一段支脉。此外，还有河北、河南等多种说法。不过，“首阳”一名最早见于《诗经·唐风·采苓》“采苓采苓，首阳之巅”，“采葑采葑，首阳之东”，而“唐风”恰是远古的山西民歌，所以永济之说似乎更具佐证。

伯夷、叔齐的执拗乃至过激行为，今天如何评价可以见仁见智。但这篇纵然有着很多传说成分的《采薇歌》，毕竟为山西的文化宝库增添了独特的一页。

登彼西山兮，	登上那静寂的西山悄然隐居，
采其薇[1]矣。	采来点野豆叶儿权且充饥。
以暴易暴兮，	用一种暴力推翻另一种暴力，
不知其非矣。	已无人知晓这是失道的行为。

神农虞夏[2]忽焉没兮，	神农、虞、夏的美好时代遥遥远逝，
我安适归矣?	现如今哪还有我辈舒心的归趋?
于嗟[3]徂[4]兮，	不尽的吁叹呼唤着死的决心，
命之衰矣。	命运啊原来是如此衰凉悲戚。

【注释】

① 薇：一种嫩茎、叶与果粒可食的草本植物，即野豌豆。

② 神农虞夏：神农即炎帝神农氏，虞即舜帝有虞氏，夏即夏朝开国君王大禹。

③ 于嗟：文言文感叹词。

④ 徂：读作 cú，本义为往、到，此处可作走向死亡解。

4. 女娟：《河激之歌》

女娟，生卒年与姓氏不详，春秋晚期晋国赵氏家族首领赵鞅的夫人。赵鞅的祖父就是那位传奇故事中的“赵氏孤儿”赵武，赵武长大后东山再起，最终成为执掌国政的正卿。赵鞅也位至正卿，故世后谥号“简”，史家多以赵简子称之。简子在当时，是一位文武兼备、颇具韬略的政治家，善于顺应时势，也很敬贤重才。2500 多年前太原古城的最初兴建，简子就是首要的决策与启动者。其墓葬，1987 年在太原南郊被发现，出土了大量青铜器等弥足珍贵的国宝级文物。而简子唯一古籍有记载的夫人，据云竟是一位被称为“女娟”的看守黄河渡口的小小“津吏”的女儿。

按照史料推算，赵简子执掌国政时年纪还轻，曾多次率军外出征战。某次简子举兵“伐楚”，与“津吏”指定了过河日期，到达后“津吏”却喝得大醉不醒，简子盛怒“欲杀之”。女娟随即回答，我父闻知“主君”渡河，急忙“祷祀九江三淮”的水神祈求保佑，不慎醉倒，我“愿以贱躯代父之死”。简子说，非你罪，仍执意要杀其父。女娟又答，我父“尚醉”杀了他也“身不知痛”，“心不知非”，等其醒来后再加罪可否？如此机敏的应对，令简子大为惊叹，遂释“津吏”。及至渡河时扳船者恰少一人，女娟卷袖请代。简子拒绝，称出兵打仗不可与“妇人同舟”。女娟反驳道，当年商汤“伐夏”周武王“伐殷”，车驾均用过雌马，怎么都胜了呢？简子无言以对，乃“许之”。行至中流女娟随口唱了一曲船歌，就是后世所称之《河激之歌》。

女娟的聪颖睿智显然打动了简子，故欲“纳之”。但女娟表示，“妇人之礼，非媒不嫁”，我有父母“不敢闻命”，断然告别而去。简子越发敬重，归来后就派人隆重求婚，娶为夫人。简子晚年，废掉正妻所生的嫡长子，改立庶子赵毋恤继任家族首领，即才德不逊乃父的赵襄子。有一种说法，襄子的母亲正是这位女娟。其“贤行”，曹植、李白等人的诗作中均有赞颂。

升①彼河兮而观清，	登船渡河看一路清水清清，
水扬波兮冒②冥冥。	起落飞迸的浪波浩渺迷蒙。

祷求福兮醉不醒，	为祈祷求福却喝得一醉难起，
诛将加兮妾心惊。	杀身的大祸真叫人战战兢兢。
罚既释兮渎[3]乃清，	赦免了罪责宽恕了不敬，
妾持楫兮操其维[4]。	就让我给您摇起长桨掌紧缆绳。
蛟龙助兮主将归，	想蛟龙也会助主公凯旋，
呼来棹[5]兮行勿疑。	唤我来扳船尽可以放心放心。

【注释】

① 升：此处指登，也即登船。

② 冒：向外透出，向上升起。

③ 渎：疏漏、失职、不敬。

④ 维：此处指船绳。

⑤ 棹：读作 zhào，划船的长桨，也泛指船桨；此处作动词用，意即划船。

5. 刘彻：《秋风辞》

汉武帝刘彻（前156—前87），汉高祖刘邦曾孙，汉景帝刘启太子，景帝后元三年（前141）登基。武帝在位54年，抗击匈奴，开拓西域，平定南粤与朝鲜等地，还独尊儒术，完备吏制，兴修水利，屯垦边塞，建立了彪炳青史的功勋，但也劳民伤财无数。晚年陷入宫廷动荡，两位公主被诛，太子遭诬陷被迫反抗亡身，晋籍皇后卫子夫自杀，嗣后武帝有所悔悟，曾下《轮台罪己诏》自责，成为我国第一份完整的帝王检讨书。

武帝在位期间，曾多次“巡狩”全国。元鼎四年（前113）“东幸汾阴”，夏历“十一月甲子立‘后土祠’于汾阴脽上”，就是在今山西万荣县汾水汇入黄河前的东南畔高地建起土地庙，祭祀与“皇天”对举的“后土”之神，民间一说即大地之母“后土娘娘”。此后，元封四年（前107）、元封六年（前105）、太初二年（前103）、天汉元年（前100），武帝又数次前来祭祀。《秋风辞》即作于某次祭祀途中，究竟是何次史籍并无明确记载。

《秋风辞》南北朝时选入我国现存最早的诗文总集《昭明文选》，北宋郭茂倩编纂《乐府诗集》时，援引野史作品《汉武帝故事》称，某次“帝行幸河东”前来祭祀“后土”，“顾视帝京，忻然中流”，遂“与群臣饮宴”，武帝“欢甚”，“乃自作《秋风辞》”。但清人沈德潜《古诗源》中则认为，《秋风辞》富有“《离骚》遗响”，是“乐极哀来”之作。从辞作的整体意境审视，虽然有些欢乐的内容，但更多的应该还是深秋苍凉的景观，水一般流逝的光阴，使九五之尊的天子悲从中来，从而赋就了这首帝王伤怀的千古名篇。如今，万荣仍有元成宗大德十一年（1307）的刻石《秋风辞》以及清代建筑后土祠存世。

秋风起兮白云飞，	乍起的秋风啊远飞的白云，
草木黄落兮雁南归。	枯黄的草木飘落南去的大雁长鸣。
兰有秀兮菊有芳，	兰是那样俏丽菊是那样幽香，
怀佳人[①]兮不能忘。	最难忘的却还是心中的佳人。

泛楼船兮济汾河[2]，	雄伟的楼船越过了汾水黄河，
横中流兮扬素波。	横舟中流荡漾着银色的浪波。
箫鼓鸣兮发棹歌[3]，	箫鼓声里行船的号子也在轻轻唱和，
欢乐极兮哀情多。	欢乐享尽哀情多啊。
少壮几时兮奈老何?	少壮有几时老之将至可该如何?

【注释】

① 佳人：有人认为指贤士或群臣，也有人解释为武帝宠爱的李夫人与钩弋夫人，但更大的可能应该是一种虚拟性的泛指。

② 汾河：此处指汾水、黄河，河是古代黄河的专称，汾水发源于山西宁武管涔山麓，纵贯山西中南部而汇入黄河，现在也称汾河。

③ 棹歌：划船时船夫所唱的歌，类似号子。

6. 曹操：《苦寒行》

曹操（155—220），东汉豪杰、诗人，字孟德，小字阿瞒，沛国谯县即今安徽亳州人。其父曹嵩，为天子亲随中常侍曹腾的养子，官至太尉，据载先祖为西汉初年的相国曹参。曹操自幼“才武绝人”，“机警有权数”，后以平定黄巾军崭露头角，从此南征北战、戎马倥偬数十年，击败北方割据势力，成为东汉末年“挟天子以令诸侯”权倾朝野的重臣，书写了一位乱世英雄出类拔萃的史话。生前曾晋封魏王，死后谥号“武王”，其子曹丕篡汉后追尊为太祖武皇帝，故也以“魏武”称之。

东汉末年的另一位英雄袁绍，其外甥高幹“才志弘邈，文武秀出”，是位非常优秀的将领。袁绍占据北方时，委高幹为并州牧，主管今山西太原一带先后7年，治绩堪称卓越。汉献帝建安九年（204）曹操攻克河南邺城，高幹迫于情势请求投降，曹操仍命其为并州刺史。次年，曹操远征乌丸，后方空虚，高幹趁机叛变，进占上党即今山西长治一带，擒获太守。又举兵扼制壶关口，并企图袭取邺城。曹操派兵“击之”，高幹失利后退入壶关城中，顽强抵抗，久攻不下。建安十一年（206）夏历“春正月”，曹操亲率大军“仗钺征伐”，“围壶关三月”，高幹不敌，只身前往匈奴“求救于单于”，但被拒绝。不久壶关城破，高幹辗转多处搬兵期望再起，均遭挫败，走投无路之际意欲南下荆州去投靠刘表，但行经上洛即今陕西商洛一带时被当地都尉捕杀。

就在此次战事中，曹操在带兵翻越太行山的征途上，挥笔赋就了这首《苦寒行》。诗中详尽描写了一路经历的艰苦卓绝，抒发了作为主帅却厌倦战争的沉重心情，写得雄奇浩壮，慷慨悲凉，是我国文学长廊中光华永驻的军旅诗章。

北上太行山，	举兵北上太行山，
艰哉何巍巍。	巍巍太行何艰险。
羊肠坂①诘屈②，	羊肠小道崎岖颠簸难行走，
车轮为之摧。	损坏的车轮丢散着一路凌乱。

树木何萧瑟，	树木遍野却是如此萧瑟，
北风声正悲。	惨烈的北风搅动了刺骨的严寒。
熊罴[3]对我蹲，	更无奈熊罴常当道，
虎豹夹路啼。	虎豹的咆哮就回荡在路边。
溪谷少人民，	山谷荒凉人烟稀少，
雪落何霏霏。	纷飞的大雪滚如绵。
延颈长叹息，	仰天引颈长叹息啊，
远行多所怀。	远行的征战平添了多少思念。
我心何怫郁，	心头的郁闷难止难休，
思欲一东归。	真渴望抛却这万马千军返回家园。
水深桥梁绝，	急流断桥阻绝了去路，
中路正徘徊。	中途的进退曲折更令人举步维艰。
迷惑失故路，	迷路转向东奔西颠，
薄暮无宿栖。	暮色苍茫还无有去处可安眠。
行行日已远，	身后的落日越走越远，
人马同时饥。	人困马乏饥肠辘辘好熬煎。
担囊行取薪，	也只能挑着行囊捡些柴火，
斧冰[4]持作糜。	凿碎了冰块煮点儿晚餐。
悲彼东山诗[5]，	《诗经・东山》的词句突然跳入脑海，
悠悠使我哀。	刹那间勾起我不绝如缕的悲酸。

【注释】

① 羊肠坂：羊肠，比喻狭窄而蜿蜒的小路；坂，倾斜的山坡；羊肠坂，是古代由河南穿越太行出入山西的一段险道，也是兵家征战的必经要地。

② 诘屈：盘旋迂回曲折不平状。

③ 熊罴：古诗文中熊罴常常联用；罴读作 pí，指棕熊、马熊，也是古人对较大熊类的泛称。

④ 斧冰：此处斧作动词，用斧凿冰。

⑤ 东山诗：《诗经》“豳风”中有《东山》篇，写远征士卒返乡途中的急切思家之情。

7. 庾信：《就蒲州使君乞酒诗》

庾信（513—581），南北朝文学家，字子山，祖籍南阳新野即今河南新野，先辈迁居江陵即今湖北荆州。庾信自幼“聪敏绝伦”，颇具“盛才”。梁朝武帝萧衍建国后，太子萧统主持编纂了我国著名的典籍《昭明文选》，但因其早逝，由萧纲继为太子。庾信之父、诗文名家庾肩吾曾任萧纲的亲随侍从“中庶子”，另一诗文高手、太学博士徐摛也颇获赏识，萧纲遂将徐摛之子徐陵与庾信同选为“抄撰学士”。于是，两对父子同时奉和太子，创作了不少辞藻华丽、格调绮丽、讲究声律与用典的“宫体诗”，贵胄之士竞相仿效，“每有一文京都莫不传诵”，号称“徐庾体”，后世影响极大。

梁元帝萧绎承圣三年（554），庾信奉诏出使北方西魏。未久西魏大军南攻，萧绎被害，庾信无法回返。但西魏慕其才名，授予车骑大将军、开府仪同三司等极高头衔。后西魏遭篡位，北周建国，庾信更获礼遇，出任洛州刺史等职，但就是不准南归。因此，故土的思念，服侍异国的无奈，亲眼目睹的山河破碎、生灵涂炭，使其心中充满惆怅苦涩，诗文风格也转入凄婉悲慨，如《伤心赋》《枯树赋》与最出色的《哀江南赋》等，杜甫所谓“庾信平生最萧瑟，暮年诗赋动江关”就是非常中肯的评价。

《就蒲州使君乞酒诗》中的“蒲州使君”即北周皇亲兼权臣宇文护之子宇文训，北周武帝宇文邕天和二年（567）出任蒲州刺史，在今山西永济一带。天和七年（572）宇文护被武帝所杀，宇文训也被赐死，成为宫廷斗争的牺牲品。此间某年庾信可能过路蒲州，在其临行前或稍后，为交情不错的宇文训作此诗索取当地名酒。诗写得凝重、冷隽、苍凉，意在言外，也是体现庾信后期风格的妙品。

萧瑟风声惨，	萧瑟的寒风撩动了心中的惨戚，
苍茫雪貌愁。	苍茫的雪原弥漫着满目的愁忧。
鸟寒栖不定，	严冬里的飞鸟不知何枝可依，
池凝聚未流。	冰冷的池塘凝固了摇漾的清流。

蒲城桑叶落[1]，	人皆赞蒲城的美酒桑落时节最美，
灞[2]岸菊花秋[3]。	灞水之滨却要等到菊花盛开的金秋。
愿持河朔[4]饮，	多渴望捧几坛黄河北岸的佳酿，
分劝东陵侯[5]。	好分送长安城中去国怀乡的江南挚友。

【注释】

① 桑叶落：指蒲州驰名的美酒，据称“十月桑落”是酿酒的最佳季节；当时蒲州有“姓刘名堕者”极善为之，其酒必须封存一个“枯枝之年”到次年“桑落之辰”开启，则“清白”如净洁之浆，“氛氲”独具“别调”，有似“兰熏”之芳“麝越”之香，是奉献朝廷的最佳“贡选”，故“酒得其名”谓之“桑落”。

② 灞：即灞水，陕西中部的渭水支流，因流经几代皇都长安，古诗文中多有出现，名气甚高。

③ 菊花秋：也是古代美酒之称；据称此酒于菊花开时“并采茎叶”，“杂黍”酿之，“来年九月九日”菊花再开时“始熟”，故谓之。

④ 河朔：古代泛指黄河以北地区，此处借称蒲州。

⑤ 东陵侯：东陵，秦始皇之父秦庄襄王与其母赵姬等的墓葬群；东陵侯，指召平，是秦代封爵于东陵地区并负责监护的一位贵族，秦亡后沦为贫穷“布衣”，乃“种瓜于长安城东”为生，因其味美故被称作“东陵瓜”；庾信用此典故，显然有着类比个人命运并求酒以安慰与自己一样无奈滞留长安的南方“羁士”的言外之意。

8. 颜之推：《从周入齐夜渡砥柱》

颜之推（531—约590以后），南北朝末至隋朝文学家，我国古代家庭伦理教育思想的先驱，字介，原籍琅琊临沂即今山东临沂，先祖东晋初年南渡，其父曾任梁武帝萧衍之子、湘东郡王萧绎的咨议参军。“博览群书，无不该洽”的之推，也被萧绎派往郢州即今湖北武汉一带，为其次子、郢州刺史萧方诸执掌“管记”当了秘书。后萧绎登基为梁元帝，授之推散骑侍郎“奏舍人事”并奉命校书。梁元帝承圣三年（554）北方西魏南侵，萧绎遇害，之推被掳往北方。数年后西魏被篡位，北周建国。大将军李穆看重之推学识，荐其前去弘农即今河南三门峡市，为自己的长兄李远管理“书翰”撰写文牍。

当时，弘农已是北周的最西陲，跨过黄河就是对立政权北齐的土地。之推在这里可能过得并不顺心，也有一说是他为了伺机回归江南，遂于北齐文宣帝高洋天保七年（556）借水势暴涨之机，带着妻儿连夜乘船偷渡，冒险通过黄河上最为湍急的“砥柱”危岩，穿越了一段恶浪汹涌的航程，到达今山西平陆县而进入北齐。对之推的“勇决”行动，文宣帝“见而悦之”非常赞赏，命以“奉朝请”之衔“侍从左右”。《从周入齐夜渡砥柱》就是其偷渡成功后描写惊险经历及其动机之作。

后来，之推并未回归江南，直到隋文帝时故世。之推早年“好饮酒，多任纵”，有点纨绔习气。但大半生“饱尝离乱之苦，深怀忐忑之虑”，暮年终于彻悟，人格认知渐趋完善，故精心撰写谆谆告诫子孙如何修身、养心、治家、处世、勉学、省事的《颜氏家训》20篇，成为中华文化宝库中最早的“家教规范”、千余年来影响深远的经典。

侠客重艰辛，	侠客般的征程就不免多有艰辛，
夜出小平津[①]。	趁着夜幕悄然潜过古渡“平津”。
马色迷关吏，	融入幽暗的马色迷惑着边关小吏，
鸡鸣起戍人[②]。	破晓的鸡鸣已在催醒镇守的兵丁。

露鲜华剑彩，	鲜灵灵的露滴映亮利剑的华彩，
月照宝刀新。	月光照耀的宝刀越显得锋利如新。
问我将何去？	欲问我准备前往何方？
北海就孙宾③。	将投奔北海孙公那样的高士仁人。

【注释】

① 小平津：古代黄河上的重要渡口，通常认为在今河南孟津东北，但也有记载为“平陆县小平津”，其“南岸有勾陈垒”是“武王伐纣”时会合“八百诸侯”之处；由此可知，小平津应系孟津到平陆横跨黄河两岸渡口的合称。

② 戍人：指守关的军士。

③ 孙宾：即孙嵩，东汉桓帝时青州北海即今山东安丘人，是当时著名的高士；当时宦官唐衡当权，其兄唐玹凭借裙带关系升为“京兆虎牙都尉”率军驻防长安，引起时论不满，素来“廉直疾恶”的官员赵岐更是屡屡“贬议”，唐玹深为“毒恨”，将赵岐罗织罪名“陷以重法”，“家属宗亲”被杀，本人逃脱，继而“自匿姓名”于北海街头卖饼；某次孙嵩路遇发现他非同“常人”，遂停车“密问”，赵岐素闻孙嵩人品，即“以实告之”，孙嵩就将其带回府中“迎入上堂”，又藏匿“壁中数年”，直至“诸唐死灭”后始获自由，孙嵩也因此义举名重一时；后赵岐复官成为重臣，并成为造诣不凡的经学大家，二人直至晚年友情甚笃，传为佳话；颜之推借此典故，表达了期待到达北齐投奔知己的愿望，但有无实指之人则不详。

9. 杨广：《云中受突厥主朝宴席赋诗》

隋炀帝杨广（569—618），隋文帝杨坚次子，在位时营建东都洛阳，开凿运河，推动南北交流；同时明定律令，革新官制，首创“试策”取士，开启了我国影响深远、延续1300年的科举模式。炀帝还亲临西域“陈兵讲武”，设“河西四郡”巩固丝绸之路的控制，甚至派兵跨海示威台湾。但不免好大喜功，劳民伤财过度，调发徭役动辄上百万人，每致死者累积；又几次远征高句丽受挫，君威大跌，民变四起。炀帝大业十三年（617）其亲姨表兄李渊趁机“举义”太原，攻入长安夺得政权。次年，炀帝被亲随宇文化及等人缢杀于江都即今江苏扬州。

隋朝初年，北方突厥分裂，东突厥请求归附，文帝遂于北周所置的云中县为其启民可汗筑城居住，在今山西大同。大业三年（607）启民可汗朝拜长安，炀帝“大陈文物”示强。同年夏历四月，炀帝起驾“北巡”，先到达古榆林郡即今内蒙古准格尔旗。八月开始东行，率“甲士五十余万，马十万匹”，“旌旗辎重千里不绝”。还特造能容“数百人”的“观风行殿”，下置无数“轮轴”，“离合为之”，“推移”前行，“胡人惊以为神”一路膜拜不已。未久入长城驾临云中，启民可汗搭建“千人大帐”隆重迎候，炀帝款待可汗“及其部落酋长三千五百人”，众人“奉觞上寿，跪伏恭甚”，龙颜“大悦”，赐可汗“金瓮”“锦彩”等物，他人也均厚赏。《云中受突厥主朝宴席赋诗》即其觥筹交错之际的踌躇满志之作。

炀帝是位被推翻的天子，负面评价不少，实际上其人很有才华。炀帝生前的“巡狩”各地也常被视作游山玩水，而其真正用意大半还是为了张扬国威、震慑天下、稳固边陲。此间所赋诗作特别是“北巡”之作，往往劲健峭拔，气势凛然，霸气十足，这一首就是充分体现其王者之风的名篇。

鹿塞[①]鸿旗驻，	旌旗凛然的仪仗霎时间排满边塞，
龙庭[②]翠辇回[③]。	突厥的大地迎来了御驾的巡回。
毡帷望风举，	毛毡围拢的帷幔闻风飘举，
穹庐[④]向日开。	宽敞的庐帐仰望着太阳张开。

呼韩[5]顿颡[6]至，	匍伏的可汗一步一步叩首而至，
屠耆[7]接踵来。	部族的头领一轮一轮趋前朝拜。
索辫擎膻肉，	绾起长辫捧出腥香的鲜肉，
韦韝[8]献酒杯。	衣袖紧束的双臂托起敬献的酒杯。
何如汉天子，	堂堂的汉家天子自应有所恩赏，
空上单于台[9]？	又岂能空着手儿登临这单于之台？

【注释】

① 鹿塞：代指边塞。

② 龙庭：本指朝廷，但汉代时匈奴单于祭天地鬼神之处也以此称，故我国古诗文中常借指匈奴和其他边疆少数民族国家。

③ 翠辇回：翠辇，翠羽装饰的帝王车驾，有喻其尊贵华美之意；回，本义为转，此处可作巡回解。

④ 穹庐：蒙古族等游牧民族所居的毡帐，即俗称之蒙古包。

⑤ 呼韩：西汉宣帝、元帝时期匈奴呼韩邪单于的简称，呼韩邪是第一位到中原朝见的匈奴单于，后又前来招亲，娶走名扬后世的美女王昭君，此处借指启民可汗。

⑥ 顿颡：叩首触地，屈膝跪拜。

⑦ 屠耆：本系匈奴语音译，义为贤者，此处借指启民可汗诸部属。

⑧ 韦韝：韦即皮革，韝，读作 gōu，即束紧衣袖便于骑射的臂套。

⑨ 单于台：单于，读作 chán yú，汉代匈奴君主的称谓；单于台，即单于点兵台，此诗所指者在云中县“西北四十余里”，一说在“县西北百余里”，现今也有人认为应在今内蒙古呼和浩特西，恐未准确。

10. 王绩：《野望》

王绩（约589—644），隋末初唐文学家，字无功，原籍太原郡祁即今山西祁县，后迁绛州龙门即今山西河津，但故里通化镇几十年前已划归万荣县。王绩出身诗书簪缨世家，“英敏”过人却生性简傲旷达，不拘礼法。隋炀帝大业末年，他举试列名“高第”，被授官秘书省正字却“不乐在朝”，复因其嗜酒多次误事“妨政”，后干脆弃官而去。

归家之后，王绩日以纵情山水“弹琴、为诗、著文”自娱。在家乡黄河之滨“有田十六顷”，遂与雇工数人“种黍”“酿酒”栽“药草”并养鸭于此，自号“东皋子”，除《周易》与“老庄”之外“罕读”他书，“高情胜气，独步当时”。有官员来访，纵“刺史谒见”一概“不答”，如有“酒邀”则无论“贵贱”必欣然前往，一次能饮“五斗”，故自著《五斗先生传》，又撰《酒经》《酒谱》《醉乡记》等。王绩逝世前亲拟墓志铭，自称“有父母无朋友”，“天子不知，公卿不识”，“往往卖卜，时时著书”，“若顽若愚，似矫似激”，“行若无所之，坐若无所据”，“以生为附赘悬疣”当作累赘，“以死为决疣溃痈”视同破疮，因此“无思无虑，何去何从”，“哀哀孝子，空对长松”。其洒脱不羁、藐视世俗之情态，可谓活灵活现，跃然纸上。

王绩诗文冠绝当时，而且精通音律，医卜星象、猜谜射覆等技艺皆无所不能，有《王无功文集》与后人辑本《东皋子集》传世，《野望》就是其最负盛名的代表作。诗以恬淡、闲静的乡景描绘为反衬，隐约表达了个人孤寂、凄冷的彷徨心境，排偶隽美，格调谐和，也是文学史上具有标准五言律诗开启意义的奠基性篇章。

东皋[①]薄暮望，	站在傍晚的河东高坡纵目远窥，
徙倚[②]欲何依？	彷徨无定的心灵该到哪里寻找依归？
树树皆秋色，	棵棵绿树都已是秋色萧森，
山山唯落晖。	座座山峦只剩了落日的余晖。

牧人驱犊返，	思家心切的牧人紧催着缓行的牛犊，
猎马带禽归。	狩猎回还的汉子将禽鸟挂满了马背。
相顾无相识，	眼前的过来人无一位熟识的知己，
长歌怀采薇③。	只有仰天长啸怀想那远古高士采薇的伤悲。

【注释】

① 东皋：皋，读作 gāo，水边的高地；东皋，当指王绩隐居的黄河东岸高地。

② 徙倚：徘徊、彷徨，往复行走。

③ 采薇：周武王灭商后，两位高士兄弟伯夷、叔齐，对于这样的“以暴易暴”深为“耻之”，发誓“义不食周粟”拒吃周朝米粮，而隐居首阳山勉强“采薇而食”，就是摘点野豆叶子之类充饥度日，最后“及饿且死”，死前作《采薇歌》明志，故后世也以“采薇”指代隐居生活。

11. 李世民：《谒并州大兴国寺诗》

唐太宗李世民（599—649），祖父为南北朝北周柱国大将军，祖母是隋文帝杨坚的皇后独孤氏的姐姐。其父李渊于隋炀帝大业十二年（616）任太原留守，世民随同前来，在这里“推财养士，结纳豪杰”，被誉称“太原公子”。次年，炀帝巡视江都即今江苏扬州时受困，世民力促其父趁机“起义”。太原相传为远古唐国，是西周初年周成王“桐叶封弟”授予其弟叔虞的领地。李渊少时曾袭爵父辈而为唐国公，太原又是其“龙兴”之处，所以世民助父夺权后定国号为“唐”，李渊登基为唐高祖。高祖武德九年（626）世民发动“玄武门之变”，杀兄太子建成与弟元吉，迫父退为“太上皇”自己继位，庙号太宗。在位23年文治武功灿然，史称“贞观之治”，算得上是位杰出的君王。

太宗贞观十九年（645）率军亲征高句丽，夏历十月回师，入山海关至定州西折，12月14日驾幸太原。阔别20多年，自然感慨系之，遂于除夕夜“召侍臣赐宴守岁”并即席赋诗。上元节后又去拜谒奉祀叔虞的晋祠，“正月廿六日”亲撰《晋祠之铭并序》，盛赞此地风水“标奇”，颂扬其父“发迹神邦”成就“洪业”，称今日“临汾水”尤可“濯心”，“仰灵坛”更能“肃志”，祈望祖宗“令誉光于千载”。碑刻最早立于汾水之西太原故城乾阳门街，宋代故城毁弃，移入晋祠，被尊作“贞观宝翰”至今犹存，已成为我国文化圣殿的绝世奇珍。

《谒并州大兴国寺诗》也是此行所作。大兴国寺可能就是因当年“义师起于太原”敕令所建的“太原寺”，内有高祖的起义处“号令堂”，亦名大唐兴国太崇福寺，大兴国寺应系其简称，或距晋祠不远，具体方位已难查考。只有唐人吴少微《唐北京崇福寺铜钟铭并序》一文尚存，北京即唐代太原的尊称。

回銮[①]游福地，	回銮时节来此福地一游，
极目玩芳晨。	纵目观赏在芬芳氤氲的清晨。
梵钟[②]交二响，	悠扬不息的庙钟交响起落，
法日[③]转双轮。	虔诚转动着法事的双轮。

宝刹④遥⑤承露，	尊贵的名寺承接着历久的甘露，
天花近足春。	仙界的花束拉近了将到的阳春。
未佩兰犹小，	未曾绽放的幼兰娇小柔弱，
无丝柳尚新。	尚待垂丝的柳芽稚嫩清新。
圆光⑥低月殿⑦，	诸神的光环掩映在月宫般的殿堂，
碎影乱风筠⑧。	礼佛的人影摇乱了风中的竹筠。
对此留余想，	圣洁的氛围留给人多少念想，
超然离俗尘。	真希望跳出这俗气弥漫的凡尘。

【注释】

① 回銮：因皇帝车驾谓之銮驾，特称其外出归来，此处指亲征高句丽归来。

② 梵钟：寺庙里的佛钟。

③ 法日：依例诵经作法的日子。

④ 刹：读作 chà，寺庙、佛塔，为梵语“刹多罗”的简称。

⑤ 遥：此处可作时间久长解。

⑥ 圆光：佛门中佛祖与诸菩萨头顶的圆轮金光。

⑦ 月殿：本义为月宫，此处喻指漂亮的佛殿。

⑧ 筠：竹的雅称。

12. 武则天：《过栖岩寺》

武则天（624—705），唐高宗皇后，本名珝，并州文水人。父武士彟因经营木材生意“致大富”，李渊起兵反隋时曾积极支持，并随同攻入长安。唐朝建立后任工部尚书封应国公，越数年原配逝世，续娶贵族名门杨姓之女，即则天生母。后士彟外任扬州、利州、荆州等地长官，则天一直跟随。14 岁时入选唐太宗五品才人，赐号“武媚”，此后 12 年恩幸不多，却与年轻四岁的太子李治结下私情。故太宗驾崩、李治继位仅两年，就将削发为尼的则天召回，册封为二品昭仪，后又“进号宸妃”。

则天才胆过人，“素多智计，兼涉文史”，很快就在后宫争斗中占尽了优势，高宗永徽六年（655）正式受封皇后，同年派人将被废王皇后与对手萧淑妃“缢杀”。次年高宗废太子而改立则天生子，则天前后又连生三子二女，高宗八子中后四位、四女中后两位均其所出。后高宗患“风疾”头晕目眩，政事更交由则天全权“详决”，直至并列“二圣”、则天晚年称帝，国号“大周”，取日月当空之意改名为“曌”，为男权至上的古代中国涂写了一抹仅有的亮色。临终前遗诏退位，以“则天大圣皇后”与高宗合葬乾陵，立无字巨碑供后世评说。

则天善诗，《全唐诗》收其诗 48 首，却无一故乡之作。所幸，清光绪二十七年（1901）山西巡抚胡聘之曾搜集三晋古碑 700 多通汇为《山右石刻丛编》，内有“御制”《过栖岩寺》诗碑一通。宋代诗人李清照与其夫赵明诚合编的《金石录》中，注明“高宗则天撰”，实为则天手笔，是高宗咸亨三年（672）从东都洛阳返长安时夏历“十一月八日”途经此地的题咏。

栖岩寺是位于蒲州即今山西永济西南处的著名古寺，南北朝北周始建。隋文帝 60 寿辰的仁寿元年（601），命天下 30 州各选一塔供奉佛祖，“十月十五日午时”诸州“同下”舍利石函，栖岩寺在列。则天诗碑 20 世纪 50 年代修三门峡水库时失踪，但仰赖前贤苦心总算保留了这位传奇女杰仅存故乡的诗章。

旋驄①登雪岭，	御林军的奔马登上了皑皑的雪岭，
飞旆②驻香城③。	飞驰开道的车驾已停在大美蒲城。

路盘高下骑，	盘山前行的骑士高下相接，
峰回出没旌。	绵延弯转的远峰中仍有出没的旗旌。
云衣缝涧户，	浓云的素衣缝闭了溪涧的水口，
霞绮织山楹④。	锦缎般的云霞织就群山的柱门。
扬刹⑤移虹影，	高昂的宝刹抖动着虹影的光华，
携风引梵声。	阵阵微风又牵来礼佛诵经的柔声。
岫⑥馥炉烟合，	古洞飘出的芬芳缠绕着香火的馥郁，
岩悬叠溜⑦萦。	岩壁的悬流垂挂着层层叠叠的晶莹。
空结笼檐网，	围拢殿檐的尘网连成了白空片片，
虚谷响台铃。	虚幻朦胧的沟谷回响着庙院的铃音。
簇野千丛暗，	原野上拥聚着千丛幽暗，
长河一带明。	莽莽的黄河却铺开一线的澄明。
散望禅林外，	再纵目扫视禅寺之外，
方弘拯溺⑧情。	更增添我振兴天下的满腔豪情。

【注释】

① 騼：读作 lù，原意为野马，也代指绘有騼騳即奔马图形的军旗。

② 旆：读作 pèi，古时旌旗末端形状像燕尾的飘带，或代指军旅的前军车辆与前军。

③ 香城：指佛国仙境，也比喻美丽的地方。

④ 楹：堂屋前的柱子。

⑤ 刹：读作 chà，寺庙、佛塔，为梵语“刹多罗”的简称。

⑥ 岫：读作 xiù，本义为山穴、山洞，也指山峦。

⑦ 溜：此处指顺岩滴落的水流。

⑧ 拯溺：救助溺水者，引申为解救危难，此处有振兴皇朝、匡复天下的意味。

13. 陈子昂：《登泽州城北楼宴》

陈子昂（659—700），唐代诗人，字伯玉，梓州射洪即今四川射洪人。子昂家境豪富，自幼“奇杰过人”，但有点“驰侠使气”狂放任性。早年赴京赶考落第，某日遇“卖胡琴者”索价“百万”，不少人士“传视”可无一敢应，子昂即令仆从“辇千缗市之”，就是给我用车拉百万铜钱来买。且声言“余善此乐”，明日特请各路君子光顾聆听，届时果然到达“凡百余人”。子昂“酒肴毕具”款待后即举琴开言，我“陈子昂有文百轴”却“弛走”京师“不为人知”，这种“贱工”操弄之器，真值得列位“留心”吗？说罢突然将琴摔个粉碎，趁众人惊愕“以其文遍送”，故“一日之内”，“名满都下”。唐代科举甚重名声，所以不久即中进士。又恰逢唐高宗逝世，子昂乘势“诣阙上书”，竟获则天武后召见，授麟台正字，继授右拾遗，但均系无权小官，也一直未获升迁。

武后万岁通天元年（696）北方契丹军叛乱，武后堂侄武攸宜领兵讨伐，子昂以文书“管记”随征。据称子昂原为“参谋”，曾请分拨“万人”自己指挥“以为前驱”，攸宜“不纳”书生之见，子昂“言甚切至”又请，攸宜干脆将其降为“军曹”。正是这次出征中，子昂留下了《登幽州台歌》的千古名作。次年，回师再次途经今山西晋城市泽州县时，登楼饮宴，遥望着附近不远处战国时期长平之战的战场遗迹，遂写成这首满怀沧桑情思的《登泽州城北楼宴》。

一年多后，子昂得知“父为县令段简所辱”，便还乡“归侍”。段简却不断罗织罪名“诈诬”子昂，“收系狱中”关押拷打，厚索贿赂“二十万缗”，致其“忧愤而卒”。也有一说是，武后侄儿、权臣武三思因“嫉怒”子昂曾“夺其妓妾”，又疑子昂“摈排”讥讽过自己，遂密令段简将其害死。

平生倦游[①]者，	此生厌倦了官场的宠辱浮沉，
观化久无穷。	世事的变幻也已经览阅无穷。
复来登此国，	归来时再次登临此地的城楼，
临望与君同。	望中的感慨与诸君全然相同。

坐见秦兵垒[2]，	坐席处看得见秦军的壁垒，
遥闻赵将雄[3]。	很久前即闻知赵将的雄名。
武安君[4]何在?	当年的武安君白起于今何在?
长平事已空。	长平的厮杀早化作一派虚空。
且歌玄云[5]曲，	让我等且高歌“玄云”之曲，
衔酒舞熏风[6]。	再把酒起舞于这和煦的祥风。
勿使青衿子[7]，	切莫使那些后辈书生青衫士子，
嗟尔白头翁。	为列位白发华年的老者嗟叹悲悯。

【注释】

① 倦游：游兴已乏，引申为对于官场仕途的厌倦思退。

② 秦兵垒：长平之战时秦军壁垒的遗迹，泛指双方工事，战场位于泽州以北 50 多公里的山西高平县境；其过程是，秦昭襄王四十五年（前 262）秦国攻占韩国的野王即今河南沁阳，越二年又攻占上党，稍南 60 多公里的赵国长平完全孤立，驻防老将廉颇“坚壁”固守“不出”，意在以逸待劳拖垮远来秦军再行反攻，却被误为怯战，秦国又派人“反间”，称最怕者是赵国名将赵奢之子赵括，赵国孝成王果然中计，由赵括取代了廉颇；赵括善纸上谈兵却毫无实战经验，上任未久即发动进攻，秦军主将白起，故意示弱“佯败而走”，赵括贸然传令追击，被白起迂回穿插，分割包抄，切断退路与粮道，赵军“不得食四十六日”，以致互相偷杀充饥，后赵括亲自“搏战”突围，中箭身亡，赵军 40 万人投降，除 240 名幼小者外均被斩首“坑杀”，赵国元气大伤，几乎灭国。

③ 赵将雄：称赞长平之战最初的赵军统帅名将廉颇。

④ 武安君：长平之战秦军统帅白起的封号，代指其人。

⑤ 玄云：为汉代“鼓吹铙歌”之一的曲辞名，已失传；铙歌是古代鼓舞士气的军中乐曲，有时也指凯歌与泛指军歌。

⑥ 熏风：和风、暖风，南来之风；相传舜帝曾“作五弦之琴”歌“南风”之曲，有“南风之熏兮，可以解吾民之愠兮”语。

⑦ 青衿子：青衿，原系周朝的学子服装，衿指下连到前襟的交叉衣领；青衿子，昵称年轻的书生或秀才。

14. 王昌龄：《驾幸河东》

王昌龄（？—约756），唐代诗人，字少伯，出身寒微，生平事迹史载有限，籍贯也有长安、太原等说。早年一直乡居长安附近，但科考不顺，曾出游西域，可能还去过唐代军事重镇安西即今吉尔吉斯碎叶城，写下了“秦时明月汉时关”“不破楼兰终不还”等名句传世的“边塞诗”，被称为“妙绝古今，别有天地”的“神品”，还赢得“七绝圣手”的美誉。

唐玄宗开元十年（722），昌龄由潞州即今山西长治转居太原。次年春，玄宗从洛阳起行“巡省”太原。先特意“驾幸”自己曾任“潞州别驾”即副职时的治所上党，免地方税役五年，赦死刑以下罪犯，赐名当年所居府邸为“飞龙宫”，并宴请“父老”同欢，作《巡省途次上党旧宫赋》抒发感慨。抵太原后，令并州升格为府，官员比照京师“补授”，朝拜唐高祖与太宗兴兵反隋时的“起义堂”，为群臣颂诗亲撰《起义堂颂序》，盛赞先祖“举晋阳之甲，除君侧之盗；由唐侯之封，升天子之号”，“肇基发迹，实在于兹”，嘱“后人”要永记“王业之艰难”，“无忘成功之颂”，镌碑立石城中。也免地方税役一年，贫户两年，当年的随从“起义”户五年，子孙中“才堪文武”者恩准荐选授官。

此时，昌龄显然观瞻了天子出行的威仪，万难目睹的宏伟阵势一定使之惊异不已，或许还有借机脱颖、以求闻达的功利动机，从而写就了这首充满歌功颂德意味的《驾幸河东》，河东是唐代山西地区的泛称。

开元十五年（727）昌龄终于举进士，但仕途一直坎坷，还因其“不护细行”“谤议沸腾”两次遭贬流放。第二次从流放地龙标归来时经过亳州，不知何故被刺史闾丘晓斩杀。据云后来宰相张镐节度淮南军事，闾丘晓违令当死，以有“老亲奉养”求免；张镐反驳，昌龄之亲“谁养”，遂“杖杀”之，如此因果报应的说法大概多属杜撰了。

晋水①千庐②合，	晋水边无数的庐舍一派连营，
汾桥万国③从。	汾河的桥头万方人众欣然跟从。

开唐天业盛，	开创了泱泱大唐盛世伟业，
入沛[4]圣恩浓。	御旗的光临更洒遍浩荡的皇恩。
下辇[5]回三象[6]，	步出圣驾环绕着日月星辰，
题碑任六龙[7]。	题写的碑刻胜过那六龙飞腾。
睿明悬日月，	英明睿智真仿佛太阳高悬，
千岁此时逢。	千载的明君恰有幸此时恭逢。

【注释】

① 晋水：发源于太原古城之西的悬瓮山，流经晋祠前的平川汇入汾河。

② 千庐：此处应指为玄宗的从驾人马所搭建的无数临时性住舍。

③ 万国：或指来自他国的随同使臣以及各族人士，似也有形容各路官绅士民跟从观瞻者众多的意味。

④ 沛：古同旆，读作 pèi，古时旌旗末端形如燕尾的垂旒，也泛指旌旗。

⑤ 辇：原意为用人推或拉的座车，后则多用为对国君、王后乘车的敬称。

⑥ 三象：日、月、星，传西周初年周公曾作《三象》之乐以记出征得胜。

⑦ 六龙：我国神话中称日神乘车出行以六龙为驾，后也代指天子车驾，此处或系赞美玄宗《起义堂颂序》书法文字的纵横豪放。

15. 李白：《太原早秋》

李白（701—762），唐代诗人，字太白，号青莲居士，本人说法籍贯陇西成纪即今甘肃秦安，实际成长于绵州昌明即今四川江油。毕生“笔落惊风雨，诗成泣鬼神”，不仅写出大量斑驳陆离的佳作，也留下了诸多不同凡俗的逸闻。连其出生都有母亲梦见太白金星、死都有醉酒采石矶跳入长江捉月溺毙而骑鲸升天的雅传。其唯一的存世书法《上阳台帖》，附有宋徽宗题解与乾隆皇帝款识“青莲逸翰”，已成为价值连城的文物国宝。

唐玄宗开元二十三年（735）李白应好友元演之邀，同赴太原探望在此担任军政长官的元演之父，受到元家的热情款待，“琼杯绮食”天天“醉饱”，也常到附近名胜晋祠游玩，《太原早秋》即此时所作。相传当时还是小军官的郭子仪犯法被执，李白对其甚“奇之”，遂为“求免”，“救其死罪”，并铺垫了一段报恩的后话。其间，李白还曾北上雁门一带观瞻，次年春离去。

玄宗天宝十二年（753）李白再赴太原，前往汾州游览。此前不久，或者正是此行触发了思绪，李白作长诗《忆旧游寄谯郡元参军》，回顾了与元演多年的友谊，特别是留下了颂扬晋祠的千古名句“时时出向城西曲，晋祠流水如碧玉。浮舟弄水箫鼓鸣，微波龙鳞莎草绿”，同时还以“其若杨花似雪何”“百尺清潭写翠娥”“翠娥婵娟初月辉，美人更唱舞罗衣”这样的描绘，赞美了太原歌女的绰约多姿、楚楚柔情。

四年后，郭子仪已经成为镇压“安史之乱”的大功臣，李白却因为依附叛乱的永王李璘而获罪。据称子仪为报当年之恩，请求用自己的官爵“以赎”李白，才得以从轻发落流放到夜郎即今贵州。两年后遇赦返回，又两年故世。60 多年后，唐文宗下诏将李白的“歌诗”与“裴旻剑舞、张旭草书”一道封为“三绝”。

岁落众芳[①]歇，	转眼间岁月转凉花草凋落，
时当大火流[②]。	“大火星”正在渐渐的西流。

霜威出塞早，	寒霜威烈出塞就越须趁早，
云色渡河秋。	萧瑟的风云已飘来黄河上的初秋。
梦绕边城月，	梦魂围绕着边城的明月，
心飞故国楼。	心儿却飞向故园的高楼。
思归若汾水，	思乡之情恰如这绵长的汾水，
无日不悠悠。	无时无刻无不是愁绪悠悠。

【注释】

① 众芳：百花，也比喻草木之芳香。

② 大火流：大火，指大火星；流，指星宿的游走变化，《诗经·豳风·七月》中的“七月流火，九月授衣”，描述的是大火星渐渐西流下行，秋日将至，气候转凉，不是形容炎热；但大火星并非现代意义的火星，而是一颗恒星，我国古人认为属于东方苍龙七宿之“心宿二”，实际就是天蝎座 α 星，系天蝎座中最红的巨星、光变明显的半规则变星。

16. 王维：《登平陆城楼作》

王维（701？—761），唐代诗人，字摩诘，祖籍太原祁即今山西祁县，父辈迁居蒲州即今山西永济一带。唐玄宗开元九年（721）20 岁举进士，后官至中书舍人、尚书右丞。毕生笃信佛教，常年“蔬食素衣”，“不茹荤血”，“退朝之后，焚香独坐”每每潜心“禅诵”，妻亡不娶“三十年孤居一室，屏绝尘累”。临终前，为“平生亲故”书写“别书”多幅，随后“舍笔而绝”。

王维“诗名冠代”，且“娴音律”，善绘画。据云某君有《奏乐图》，王维看后“熟视而笑”，人问缘由，回答曰所绘是唐玄宗“《霓裳羽衣曲》第三叠第一拍”，“集乐工”演奏“验之”，居然毫无“差谬”，人乃“服其精思”。王维之画“特妙山水”，唐代已有人称其“幽深之致，近古未有”。北宋官制《宣和画谱》认为，其“画不下吴道玄”即大画家吴道子，诗中也“自有画意”。苏东坡更以“味摩诘之诗，诗中有画；观摩诘之画，画中有诗”予以盛赞。

王维举进士的当年赴任济州即今山东济宁，顺黄河而下经过此地，赋就了这首《登平陆城楼作》。此诗在《全唐诗》中名为《登河北城楼作》，河北是山西平陆县旧称，原为周朝分封诸侯的虞国，被晋国灭掉后因在黄河之阳定名大阳邑，汉代为大阳县，南北朝北周时改名河北县。玄宗天宝元年（742）出土一件镌有篆文“平陆”的古戟，改称平陆至今，故《山西通志》入选时变更了诗名。此后，王维几乎再无返乡记载，此诗也就成其真正写于故土的仅见之作。诗以精妙的语言，勾勒出一幅恬静、悠闲、开阔而又略显缥缈的水墨丹青，称得上是可与其“大漠孤烟直，长河落日圆”“明月松间照，清泉石上流”等名句诗作媲美的篇章。

井邑①傅岩②上，	曾经是古贤傅说为奴的岩畔，
客亭③云雾间。	故乡迎客的亭台笼罩在云雾之间。
高城眺落日，	站在高耸的城楼眺望沉沉落日，
极浦映苍山。	极目处依稀的河滨衬映着苍莽群山。

岸火孤舟宿，	岸边的微火相伴独宿的孤舟，
渔家夕鸟[4]还。	捕鱼人的鱼鹰也已停歇船沿。
寂寥天地暮，	暮色中的天地虽然越显寂寥，
心与广川[5]闲。	我的心却与广阔的川流一样悠闲。

【注释】

① 井邑：故里、故乡；唐代河北县原归蒲州管辖，所以王维以此谓之。

② 傅岩：傅说做苦工之处；傅说是殷商时期英主武丁“复兴”的主要辅佐，相传其人原是一名陷身“版筑”也即围拢木板夯筑土墙的刑奴；武丁即位后焦虑“未得其佐”，以致“三年不言”，忽“夜梦得圣人”名“说”，“说”读作 yuè，实同悦，有郁结获解的欣喜之义；武丁乃派人四处寻找，得“说”于傅岩苦工者中，召回时发现果有“圣人”之见，当即“举以为相”，国遂“大治”；后以岩赐姓，故曰傅说，如今平陆县仍有相传之傅岩存在。

③ 客亭：古代多指驿亭，代指驿站所设的休息处所，也指供游客观瞻的亭台。

④ 夕鸟：结合上下句理解，此处应为渔家捕鱼的鱼鹰。

⑤ 广川：指眼底的黄河波流。

17. 宋昱：《题石窟 寺魏孝文所置》

宋昱（？—756），唐代官员，籍贯不详。据典籍零星记载，唐玄宗天宝元年（742）为监察御史，后成为杨贵妃族兄、权臣杨国忠的亲信，升任负责草拟圣旨的中书舍人。天宝十三年（754）玄宗罢免左相陈希烈，欲起用大臣吉温，但国忠与宋昱密谋力阻，而使“柔而易制”便于掌握的韦见素获任。宋昱作为国忠党羽，则凭借势力“招徕赂遗”以致“财货山积”。天宝十五年（756）安禄山反军逼近长安，玄宗出奔巴蜀，行经马嵬坡发生兵变，国忠被杀，杨贵妃被缢死，宋昱在劫难逃也被“诛灭”。其人大节有亏，但这首《题石窟 寺魏孝文所置》却是描写山西大同云冈石窟最早的、论艺术水准也是迄今最佳的诗作。

云冈石窟与洛阳龙门石窟、敦煌莫高窟、天水麦积山石窟并称为我国四大石窟。南北朝北魏最初建都平城即今大同，文成帝兴安元年（452）嗣位后，听从名僧昙曜建议，于大同西部武州山“开窟五所”，比照北魏太祖到文成帝“五帝”身形“镌建佛像各一”，“高者七十尺，次六十尺，雕饰奇伟冠于一世”，即云冈最早的“昙曜五窟”，就是今天的第 16 至 20 窟。北魏中兴明君孝文帝登基后，开凿势头达到高潮，现存第 5 窟中的 17 米巨型坐像以及最大的石窟第 6 窟均成于此时。直到孝文帝太和十八年（494）迁都洛阳止，大规模开凿了 40 多年，还建起了规制宏浩的灵岩寺等佛寺。后来仍有一些民间人士继续开凿，终于形成一道绵延一公里、窟龛两百多个、各色雕像 50 000 余躯的大美群落，被联合国教科文组织列入了世界文化遗产名录。

梵宇开金地①，	佛门的寺宇创建在黄金般的佛地，
香龛②凿铁围③。	飘香的石窟如同开凿在铁围山陲。
影中群象动，	光影里尊尊雕像隐约晃动，
空里众灵飞。	空蒙中好一似无数的天神在飞。
檐牖④笼朱旭，	殿檐下的高窗轻笼着朝阳的微红，
房廊挹⑤翠微。	禅房前的屋廊牵连着岩头的青翠。

瑞莲[6]生佛步[7]，	朵朵瑞莲变幻出佛祖的脚步，
瑶树[8]挂天衣[9]。	玉洁冰清的仙树挂满云霞般的彩衣。
邀福功虽在，	祈福求福的功效或许至今依旧，
兴王[10]代久非。	“孝文中兴”的时代却早已物换人非。
谁知云朔[11]外，	谁曾想来到遥远的边疆塞外，
更睹化胡[12]归。	竟能够目睹这“化胡成佛”的胜景而归。

【注释】

① 金地：佛教声称菩萨居处以金铺地，故谓之，也称金田。

② 香龛：供奉佛像或神灵牌位的阁子，此处代指石窟。

③ 铁围：佛教语，即铁围山，此处借指武州山，也隐喻开凿石窟之难；佛教认为，世界以须弥山或曰妙光山为中心，有八山八海围绕，第八海为碱海，围绕碱海的就是铁围山。

④ 檐牖：牖，读作 yǒu，窗户；檐牖，挨近屋檐的高窗。

⑤ 挹：读作 yì，牵引、拉住、收纳。

⑥ 瑞莲：吉祥的莲花；莲花是佛教圣物，佛祖释迦牟尼即以莲花“所成之台座”而坐，故寺庙中佛像多以莲花为座，许多尊贵饰物也以用莲花者居多。

⑦ 佛步：据云佛祖释迦牟尼出生后，“无人扶持，即行四方”，四面“各七步”，“步步举足”处都出现了大莲花，行过七步后“观视四方”，“口自出言”，成为天下至尊。

⑧ 瑶树：传说中玉一般白色的树，生长在昆仑山北的仙树，也作树之美称。

⑨ 天衣：佛教所谓诸天人所穿的衣裳，也喻指天空中飘浮的云霞。

⑩ 兴王：励精图治的有为君王，指北魏孝文帝拓跋宏；孝文帝在位时由大同迁都洛阳，积极推行体制变革，大大促进了社会发展，史称“孝文中兴”。

⑪ 云朔：云州、朔州的并称，两地所辖即今山西大同、朔州及其北部一带。

⑫ 化胡：教化胡人，借称教化佛教；我国本土道教以老子李耳为祖师，据云其留下《道德经》后骑青牛出函谷关西去“莫知其所终”，因此在佛教传入我国未久就有了老子“之天竺教胡”即到印度教化佛教之说，这样道教就成了佛教的宗祖，故此说一直受到道教追捧和佛教的抨击。

18. 岑参：《骊姬墓下作 夷吾重耳墓隔河相去十三里》

岑参（约 715—770），唐代诗人，祖籍南阳，先世移居江陵即今湖北荆州。曾祖父为唐太宗时宰相，其父也官至晋州刺史，在今山西临汾市一带，幼年岑参即随父到此读书。大约 10 岁时父逝，家境转入艰难，后离开晋州，共“居此郡八九年”。唐玄宗开元二十二年（734），岑参“献书阙下”向朝廷自荐，满指望“云霄坐致”平步登云坐着就来，“青紫俯拾”紫袍玉带一捡就是，谁知“金尽裘弊”钱花光皮袍穿烂，还是“蹇而无成”瘸腿徘徊。以致又过 10 年仍“未及一命”从无好运垂顾，自奉“相门子”的他也只有喟然叹息“昔一何荣矣，今一何悴矣”，道尽了求官的坎坷与落魄的困窘。

唐玄宗天宝三年（744）岑参终于登进士第，却只获授九品小官兵曹参军。盘桓几年仍不如意，故决心奔赴西域投身军旅，选择另外的仕进之路。遂于天宝八年（749）、十三年（754）两度远行，在今新疆地区为安西节度使、伊西节度使服务四五年。凭借如此阅历，写下了大量如“胡天八月即飞雪”“一川碎石大如斗”等“语奇体峻”、名句迭出的边塞诗作，成为这一领域当之无愧的翘楚。后来，官至记录皇家大事的起居舍人、嘉州即今四川乐山刺史。在赴西域前的天宝五年（746）左右，岑参曾重游晋州，留诗数首，《骊姬墓下作 夷吾重耳墓隔河相去十三里》即其中之一。

骊姬是春秋时晋国献公的宠姬，夷吾、重耳是献公的两位公子。献公生前曾因骊姬引发宫廷动荡，夷吾、重耳被迫出逃。献公逝世后夷吾先继位为晋惠公，14 年后惠公死去，其子怀公继位，再度引发混乱，重耳返国夺得王位，就是声名显赫的晋文公。

骊姬[1]北原上，	举头北望原野上就是骊姬的坟头，
闭骨已千秋。	从葬埋到今朝已过去千百个春秋。
浍水[2]日西注，	比邻的浍河日日夜夜向西流去，
恶名终不流。	可怎么都冲不走她声名的丑陋。

献公恣耽惑，	最叹惋晋献公一意孤行沉迷媚惑，
视子如仇雠③。	将亲生之子视同为冤家寇仇。
此事成蔓草，	遥远的往事早化作丛丛衰草，
我来逢古丘。	我来时也只能看到那残存的古丘。
蛾眉山月苦，	山月仿佛美人的弯眉仍含着苦情，
蝉鬓④野云愁。	鬓发般的乱云也似乎卷着缕缕悲愁。
欲吊二公子，	欲赶往夷吾、重耳的墓前凭吊，
横汾无轻舟。	却未有一叶渡得过汾水的小舟。

【注释】

① 骊姬：晋国献公五年（前672）“伐骊戎”时所获宠姬，献公十二年（前665）生子奚齐后，献公即“有意废太子”申生，将其发往曲沃看守宗庙，又令公子重耳“居蒲”、夷吾“居屈”，分别到黄河边上的两城戍守，只将奚齐留居绛都，使晋国人士均感到“太子不立也”，骊姬则表面“佯誉”而暗中令人“谮恶太子”说其坏话；献公二十一年（前656），骊姬假充献公梦见了太子故世的母亲齐姜，教太子赶快祭祀，后太子奉来祭肉，骊姬使人暗置毒药，结果给犬食“犬死”，给小臣食“小臣死”，骊姬即趁机哭泣挑唆，导致献公大怒，出兵讨伐太子，太子惊恐不知所措，自尽身亡；献公又听信骊姬，认定重耳、夷吾同谋，次年也出兵讨伐，迫其出逃；但三年后献公故世仅一月，大夫里克就杀掉新君奚齐，不久再杀献公另一幼子悼子；里克迎立重耳不果，复迎立夷吾回国继位，是为晋惠公，这场史称“骊姬之乱”才告停歇；至于骊姬下落正史并无记载，西汉末年的《列女传》中出现了里克“戮骊姬”之说；后世传言的“骊姬墓”在绛州正平即今山西新绛县，岑参所见大约即此，其实乃是伪冢，并不可信。

② 浍水：即浍河，山西境内黄河支流汾河的小支流，发源于浮山、沁水山中，在翼城一带汇合后西流，流入汾河。

③ 仇雠：雠，读作chóu，是仇的异体字，古文中“仇”“雠”二字连用，常作仇敌、仇家、冤家对头解。

④ 蝉鬓：古代妇女一种仿佛蝉翼的发式，也形容女性之美或代称美女。

19. 卢纶：《难绾刀子歌》

卢纶（748—约799），唐代诗人，字允言，蒲州即今山西永济人，唐玄宗天宝时避“安史之乱”移居鄱阳郡即今江西鄱阳。举进士曾屡试不第，却与韩翃、钱起、李端、司空曙等10人“联藻文林”，成为称雄一时的“大历十才子”诗家群体，其中“辞情捷丽”“所作特胜”者首推卢纶。

唐德宗建中二年（781），藩镇割据势力多处叛乱，一度攻陷长安，德宗两次出逃。经铁勒族名将浑瑊全力抵抗，苦撑四五年才转危为安。后浑瑊出任河中节度使驻节蒲州，礼聘卢纶作为亲随幕僚。或许，就是在重归故乡期间，卢纶得到一把并州也就是太原出产的刀子，造型精美，锋利无比，所以爱不释手，而写下竭尽夸饰的赞颂之作《难绾刀子歌》。

“难绾”即难以盘卷、弯曲，应该是刀子的品名，也是制刀人的题刻。大约魏晋六朝，太原制铁技术已领先华夏，刀具生产开始发达，到唐宋成为举世皆知的超级品牌。杜甫、陆游、周邦彦、黄孝迈等，均分别以“焉得并州快剪刀，剪取吴淞半江水”“诗情也似并刀快，剪得秋光入卷来”“并刀如水，吴盐胜雪”“算人间没个并刀，剪断心上愁痕”等夸张的笔触，一再颂扬其锋利无比。明末抗清失败投水殉节的义士陈子龙，也曾以“并刀昨夜匣中鸣，燕赵悲歌最不平”抒怀明志。直至晚清，同盟会员朱锡梁仍留下“销铸并州刀，剪尽尾形辫”这样的革命诗句。可见，其质量多么精良，独占市场鳌头的时光多么悠久。但历代直接描写此物的文字却几近空白，故这首将其形容得神乎其神的诗篇，实在算得上是中华古诗中关涉工艺的稀有杰作。太原制铁遗址处曾建有镔铁祠祭祀，故地应在至今尚存的关帝庙北的半坡街东侧。

黄金鞘里青芦叶，	仿佛黄金刀鞘里插着纯青的芦叶，
丽若剪成铦[①]且翣[②]。	如同精美的羽扇剪裁得锐利轻灵。
轻冰薄玉状不分，	微薄的脆冰片玉也与其难分高下，
一尺寒光堪决云[③]。	一尺寒光似能够射入天际的流云。

吹毛可试不可触，	飞快的锋刃吹毛可断不可碰触，
似有虫搜阙裂文[4]。	奇巧的裂纹真好像虫迹书写的字痕。
淬[5]之几堕前池水，	淬火的铁胚须几度投落池水衍炼，
焉知不是蛟龙子?	怎知道不是那蛟龙之子华丽转身?
割鸡刺虎皆若空，	愿宰鸡欲刺虎皆若无物无碍，
愿应君心逐君指。	全然是得心应手随君指处任意纵横。
并州难绾竟何人?	并州的“难绾”究竟何许人氏?
每成此物如有神。	所造的刀子居然是件件妙绝如神。

【注释】

① 铦：古代一种类如现在铁锨的农具，也作锋利解。

② 翣：大扇，也特指古代仪仗中的大掌扇或者钟鼓架等方面的某些羽制饰物。

③ 决云：有与云比齐之义，古代也是一种超级猎鹰即猎鹘的别称。

④ 虫搜阙裂文：阙裂的纹路仿佛虫蚀过后文字般的痕迹；春秋中后期至战国时代南方吴、越、楚诸国盛行一种特殊文字，笔画蜿蜒盘折，腹鼓脚垂，首尾尖出，变化多端，如同虫体弯曲却显得华贵深奥，常见于青铜钟鼎与兵器、玺印等，称为“虫书”，此处或也隐含此义。

⑤ 淬：读作 cuì，指淬火，是一种将烧红的金属工件投入水、油等液体中快速冷却后立即取出，以提高其硬度的制作工艺。

20. 李益：《同崔邠登鹳雀楼》

李益（748—约 829），唐代诗人，字君虞，原籍陇西姑臧即今甘肃武威，后迁东都洛阳。唐代宗大历四年（769）进士，但早年仕途不顺，遂“郁郁”游历“燕赵”等处，即在北疆一带为几位节度使担当幕僚，相继“从军十年”，“往往鞍马间为文”多有“抑扬激厉悲离之作”，渐成为当红的边塞歌者，那首余韵悠长的“回乐峰前沙似雪，受降城外月如霜；不知何处吹芦管，一夜征人尽望乡”就是其人手笔。故李益每有诗成，乐官即“赂”而“求之”，度曲“供奉天子”，后被“雅闻其名”的唐宪宗召为秘书少监、集贤殿学士。又因“自负其才”欺谩“士众”等，遭谏官举报一度贬职，晚年升至礼部尚书后归休。

《同崔邠登鹳雀楼》中的崔邠，小李益三四岁，均系少年登第进士，后官至礼部侍郎。据清版《全唐文》中载，唐宪宗元和九年（814）崔邠曾作有《登鹳雀楼》诗，所以李益此诗也可能作于同时。鹳雀楼位于今山西永济古蒲州城旧址西南的黄河岸边，是南北朝北周权臣宇文护为“镇河外之地”而“筑为层楼”，时间应在北周孝悯帝元年（557）到武帝天和六年（571），据称初名云栖楼，因常有鹳雀栖息乃得此名。北宋沈括《梦溪笔谈》中称，其“前瞻中条，下瞰大河，唐人留诗者甚多，惟李益、王之涣、畅当三首能壮其观”。畅当那首稍逊，而古今无数咏颂鹳雀楼的诗作中，能超越王之涣那首“白日依山尽”以及李益这首者，不能说绝无仅有也是寥寥无几。

鹳雀楼元代初年毁于兵火，20 世纪末启动复修工程，仿效唐制的四檐三层新鹳雀楼已经建起，成为重新屹立于大地的壮丽景观。

鹳雀楼西百尺樯[1]，
汀洲[2]云树共茫茫。
汉家箫鼓[3]空流水，
魏国山河[4]半夕阳。

看鹳雀楼西无数风帆此来彼往，
望河洲沙岸云遮树罩一派苍茫。
汉武巡幸的楼船箫鼓早已流逝，
古魏国的山河也融入渐渐落尽的夕阳。

事去千年犹恨速，
愁来一日即为长。
风烟并起思归望，
远目非春亦自伤。

事去千年仍哀叹岁月的匆促，
愁来一日都苦痛光阴的漫长。
迷蒙的景色牵动着思乡的归情，
虽非是春意撩人却依然触目神伤。

【注释】

① 樯：帆船上挂风帆的桅杆，也引申为风帆或帆船本身。

② 汀洲：汀，水边的平地；洲，水中的陆地。

③ 汉家箫鼓：指汉武帝“行幸河东”，数次到今山西万荣县临近黄河的高处祭祀地神“后土”事；某次途中武帝与群臣宴饮楼船，即席赋《秋风辞》，中有“泛楼船兮济汾河，横中流兮扬素波，箫鼓鸣兮发棹歌”语。

④ 魏国山河：战国时期魏武侯泛舟黄河而下，至“中流”顾视大将吴起曰“美哉山河之固，此魏国之宝也”，意即如此坚固的山河拱卫，魏国有宝啊！吴起却对曰，成败“在德不在险”，并列举诸多古例告诫“若君不修德”，同舟之人都可能“尽为敌国”，山河之固毫无价值，武侯连连称“善”，其后建树也算得上是位有为君王；鹳雀楼所在地从春秋末到战国时期均属魏国，故有此说。

21. 杨巨源：《同赵校书题普救寺》

杨巨源（755—?），唐代诗人，字景山，河中府蒲州人即今山西永济人。唐德宗贞元五年（789）第二名进士，一生仕途平稳，穆宗长庆四年（824）以国家最高学府副职国子监司业告老辞归。宰相中有“爱而惜之”者作诗送行，京师官宦纷纷相和，韩愈也作《送杨少尹序》奉赠，充分说明了其人的厚重声望。巨源“才雄学富”，为诗“用功颇深”，从早到晚“摇首微咏不辍”，历久“成疾”到老摆头不停，回乡数年故世。《同赵校书题普救寺》可能是其早年与一位赵姓小官校书郎游览普救寺时的诗作。

普救寺位于蒲州古城之东，距黄河蒲津渡口与名胜鹳雀楼仅只数里，但最初名气不大，史载极少，以致始建时间、嗣后衍变等均难考证，文人留吟者更几近于零。所以，巨源此诗就成为传世独一无二的普救寺唐人诗，也是凤毛麟角的古人诗。

后来，诗人元稹以普救寺为背景写出悲情小说《莺莺传》，金代文士董解元改编为《西厢记诸宫调》，元代戏剧家王实甫进一步创作了《西厢记》杂剧，将《莺莺传》中张生抛弃崔莺莺的情节彻底翻转，变为二人几经波折后的“大团圆”，升华出“愿普天下有情人都成了眷属”的美好主题，成为中华戏曲传唱不衰的经典。普救寺的名气，也随着《西厢记》的传播不断远扬。被俗称“莺莺塔”的佛塔，于10多米外以石击石，即可从塔身传来蛙鸣般的清脆回声，成为一大奇观。但巨源笔下描绘的，则与当今按照《西厢记》故事搭配起来的普救寺全然不同，而是一座安卧在大自然怀抱中的清静古寺，一座俯视着雄奇山水、人世尘烟的典雅秀丽的普救寺。

东门高处天，	伫立东门放眼在辽阔的高天，
一望几悠然[1]。	远望处有多少秀色韵味盎然。
白浪过城下，	银白的浪花川流不息涌过城下，
青山满寺前。	古刹前满都是葱葱郁郁的峰峦。

尘光分驿道[2]，	驿道的岔口人影飞尘各奔一方，
岚[3]色到人烟。	深山里的薄雾正融入左近的炊烟。
气象[4]须文字，	万千景象自须要隽美的文字描摹，
逢君大雅[5]篇。	真荣幸看到你宛似“大雅”的诗篇。

【注释】

① 悠然：常用以形容闲适、恬淡，此处有情趣、韵致无尽之义。

② 驿道：我国古代官修的大道，一路皆设驿站，供来往官员等人食宿与补给。

③ 岚：山中的雾气，古诗文中多以其表述缥缈、朦胧的虚幻之美。

④ 气象：景色、景象、景观。

⑤ 大雅：本为《诗经》内容风、雅、颂之一雅中的“大雅”，后世也代指诗歌佳作。

22. 韩愈：《奉使常山早次太原呈副使吴郎中》

韩愈（768—824），唐代杰出的文学家、思想家，字退之，河南府河阳即今河南孟县人，祖籍幽州昌黎，故也有韩昌黎、昌黎先生之称。韩愈最大的贡献在于，以其为旗手发起的“古文运动”，实际就是抵制魏晋六朝以来华而不实的“骈丽”倾向，倡导复兴先秦、西汉“文以载道”的质朴文风，在我国文化史上产生了划时代的影响，被苏东坡誉为“文起八代之衰”，后世所尊的“唐宋八大家”中韩愈也占据着首席宝座。

唐德宗贞元八年（792）韩愈登进士第，初任国家最高学府国子监教职“四门博士”，又任监察御史。其为人“操行坚正”却“拙于世务”，“发言真率，无所畏避”，故几次被贬官外放，后复任国子监教职，遂作《进学解》调侃自己的不识时务，留下了“业精于勤荒于嬉，行成于思毁于随”的经典名言。唐宪宗元和十年（815）任中书舍人负责草拟天子诏书，继因随宰相裴度平定淮西“藩镇之乱”升为刑部侍郎。但四年后就又因“谏迎佛骨”请停办劳民伤财的迷信活动，再次被远贬为岭南潮州刺史，其诗中名句“一封朝奏九重天，夕贬潮阳路八千”所指即此。次年召回，出任最高学府主官国子监祭酒。

唐穆宗长庆元年（821）常山郡即今河北正定一带发生兵变，回纥将领王廷凑杀死节度使自立，朝廷讨伐失利。次年夏历二月，已任兵部侍郎的韩愈奉旨前往“宣谕”，途经太原时河东节度副使吴丹热情接待，《奉使常山早次太原呈副使吴郎中》就是其留赠吴丹的诗作。而后韩愈匆匆告别，早晨出发当晚就赶到了百多里外的寿阳县，又很快抵达常山，召集军民“辞情切至”晓以“逆顺”之理，获得官兵“畏重”。再经多方斡旋，廷凑接受招抚，兵变遂告平复。

朗朗闻街鼓[1]，	猛听得声声街鼓响亮而又清晰，
晨起似朝时。	真好似到了催人早起的上朝之时。
翩翩[2]走驿马[3]，	但此刻一路匆匆轮换着驿站的快马，
春尽是归期。	或许要春光消尽才能有个归期。

地失嘉禾④处，　　叔虞收获“嘉禾”的宝地虽难寻索，
风⑤存蟋蟀辞⑥。　　《诗经》“唐风”却留下《蟋蟀》的词句。
暮齿良多感，　　越来越老的我总不免多愁善感，
无事涕垂颐⑦。　　两腮边无缘无故已是泪水淋漓。

【注释】

① 街鼓：唐代开始最初设置于京师承天门以及“六街”街头的“警众”鼓，傍晚击鼓开始夜禁，关闭城门与坊市等门，凌晨击鼓夜禁解除，后其他城市逐步沿用。

② 翻翻：多被解为飞翔貌，以喻车马之疾驰；但此处第一个翻似有翻倍、成倍增加之义，第二个翻则有反转、变动之义，意即为紧急赶往目的地，沿途一次一次轮番调换马匹，这样解释上下句的对仗才更贴切，也更加符合律诗规则。

③ 驿马：驿站的马匹；我国古代通常以官道30里左右设一驿站，供传递公文的官差或过往官员等人食宿补给，形成了遍及各地的完整的服务体系。

④ 嘉禾：一种“异母同颖”即两条根茎共生一穗的异形谷类，古人以为祥瑞；据载，周武王死去后年幼的成王继位，唐地“有乱”，辅政的周公派兵“诛灭”，某日成王与其弟叔虞玩耍，“削桐叶为珪”剪成礼器玉圭模样赏予叔虞，曰“以此封若”将唐地封你了，史官请择日实行，成王曰“吾与之戏耳”我是与弟弟说笑而已，史官曰“天子无戏言”说到就得做到，“遂封叔虞于唐”，这就是著名的“桐叶封弟”传说；叔虞到唐地后治理有方，故“天降祉福”长出嘉禾；唐地古代有太原一说，所以韩愈如此叙写，但近代出土文物显示实际应在今山西翼城、曲沃县一带。

⑤ 风：《诗经》内容风、雅、颂中之一。

⑥ 蟋蟀辞：指《诗经·唐风·蟋蟀》，是劝人勤勉、玩乐须有节制、不能荒废正业的诗作，也有感叹时光流逝、应该珍惜的含义。

⑦ 颐：面颊、两腮。

23. 白居易：《初入太行路》

白居易（772—846），唐代诗人，祖籍太原，字乐天，号香山居士，先世移居距长安不远的下邽。自幼“聪慧绝人”，据云“生七月”便默识“之无”二字，十几岁“以诗”拜见恃才傲物的前辈顾况，顾况劈头一句就是“长安物贵，居不大易”的讥诮，待其看到“野火烧不尽，春风吹又生”时，急忙改口“有句如此，居亦何难”，成为久传不衰的趣话。唐德宗贞元十六年（800）举进士，跻身宦海数十年政绩尚佳，典型一例就是杭州刺史任上“筑堤捍钱塘潮”并“溉田千顷”，相传即至今犹存的“白堤”。晚年以刑部尚书告退，为了便利舟楫往来又施出私财，开辟了洛阳龙门的八节石滩。

白居易生前，诗已经“流闻”宫廷“士人争传”，在唐代是声望高于李白、杜甫的诗家，且大名远播契丹、朝鲜半岛新罗国乃至日本，东京博物馆至今藏有古抄本《白氏文集》残卷。故世后唐宣宗曾作七律“缀玉联珠六十年，谁教冥路作诗仙；浮云不系名居易，造化无为字乐天；童子解吟‘长恨’曲，胡儿能唱‘琵琶’篇；文章已满行人耳，一度思卿一怆然”吊之，成为评价极为精辟的帝王悼臣诗。“长恨”“琵琶”，指其名篇《长恨歌》与《琵琶行》。

《初入太行路》是其真正写成于三晋大地的罕有之作。此外还有《太行路——借夫妇以讽君臣之不终也》一诗，称“太行之路能摧车，若比人心是坦途；巫峡之水能覆舟，若比人心是安流”，“行路难，难于山，险于水”，“不独人间夫与妻，近代君臣亦如此”，“朝承恩，暮赐死”，“只在人情反复间”，真切地表现了作为臣下伴君如伴虎的战战兢兢。《初入太行路》与之可谓异曲同工，所抒发的依然是人心叵测、世路难行，实际就是对官场险恶的痛切感慨。

天冷日不光，	冷飕飕的天空中日色无光，
太行峰苍莽。	太行群峰愈显得莽莽苍苍。
尝闻此中险，	早听得此地万分凶险，
今我方独往。	今日里我正要独自前往。

马蹄冻且滑，	马蹄冻僵又是异常的路滑，
羊肠①不可上。	“羊肠坂”简直就是不可翻越的山冈。
若比世路难，	但较之艰难污浊的官海与尘世，
犹自平于掌。	真如同伸开的手掌平展坦荡。

【注释】

① 羊肠：比喻狭窄而曲折的小路，此处也指羊肠坂，是古代由河南穿越太行山进出山西的必经险道，现山西泽州与壶关县均有地名谓之。

24. 贾岛：《北岳庙》

贾岛（779—843），唐代诗人，字阆仙，幽州范阳即今河北涿州人。出身寒素，又“连败文场”屡考不第，而致“囊箧空甚”并一度出家为僧。但其以诗为命，每每搜索枯肠字斟句酌，所谓“二句三年得，一吟双泪流”即此君自我体验的表白。而贾岛最著名的故事就是，某日骑驴访友时得句“鸟宿池边树，僧推月下门”，又觉该用“敲”字，遂反复“吟哦”还时作“推敲之势”，“神游象外不知回避”，撞了长安行政长官“京兆”大员韩愈的“车骑”被抓，韩愈问明情由后曰“‘敲’字佳”，且邀“并辔”前行“共论诗道”，引为“布衣交”，故《新唐书》中将其列为“韩门弟子”。

后来，贾岛诗名益盛，仕途则仍落魄不堪，直至年近花甲才被派到遥远的遂州长江县即今四川蓬溪，当了个掌管文书的九品主簿，后转任负责官库的“司仓”，未久故世。“临死之日家无一钱，惟病驴、古琴而已”。据载，贾岛“每至除夕”必将“一岁所作”置于案桌“焚香”叩拜，曰“此吾终年苦心也”，随后边“痛饮”边咏诵，喟叹“知余素心者，惟终南紫阁、白阁诸峰隐者耳”，除了深山隐者无人理解，足见其对自己的怀才不遇该是何等愤懑与酸楚。不过，这位被称为“诗奴”的苦吟者，毕竟留下了大量佳作，那句已成为励志名言的“十年磨一剑”就是出自其人手笔。

贾岛曾客居太原，到过山西南部的盐池，渡过北部的桑干河，《北岳庙》应即此时之作。北岳即恒山，主峰位于山西浑源县绵延直至河北，是儒家经典《周礼》中所称的并州镇山。最早的北岳庙建于南北朝北魏，隋炀帝大业四年（608）“八月辛酉”曾来“亲祠恒岳”。历朝多有祭祀，是古代享受皇家祭祀的神山。

天地有五岳①，	天地间矗立着雄奇的五岳，
恒岳②居其北。	恒山即位居神州的北陲。
岩峦叠万重，	层峦叠嶂峰岩万重，
诡怪浩难测。	簇拥着多少诡秘莫测怪异惊危。

人来不敢入，	朝拜的人来也未敢深入，
祠宇白日黑。	白日的庙堂仍显得一派昏黑。
有时起霖雨，	有时候又突然喜雨连绵，
一洒天地德③。	刹那间就仿佛洒遍了上苍的慈悲。
神兮安在哉？	尊一声此方的神灵可在哪里？
永康我王国。	请护佑我当今的圣朝永驻康辉。

【注释】

① 五岳：即东岳泰山、西岳华山、中岳嵩山、北岳恒山、南岳衡山，是我国古代享受皇家祭祀的神山，也是道教名山。

② 恒岳：即北岳恒山，其所在地还有位于河北中西部的大茂山之说，河北曲阳县城内也建有北岳庙；五代时石敬瑭割让“燕云十六州”给予契丹后，祭祀北岳遂移至曲阳，清代顺治时重新移至浑源；从该诗“岩峦”层叠“万重”、其势“诡怪”又“难测”等描写推断，作于崇山峻岭中的浑源北岳庙似乎更有可能。

③ 德：此处作为动词使用，表示霖雨一洒如天地施恩、万物感德。

25. 李贺：《雁门太守行》

李贺（790—816），唐代诗人，字长吉，河南府福昌即今河南宜阳人。因“七岁能辞章”得名颇早，李贺甚至有留着羊角辫的“总角”娃娃时已“以长短之歌名动京师”的神童之说。相传文学大师韩愈亲往“面试”后“大惊”，竟“亲为束发”携其上马“联镳”同行。实际是，唐宪宗元和二年（807）18岁的李贺在洛阳以诗拜谒韩愈受到赏识，乃作《高轩过》致敬，并表达了渴望提携的急切期冀。惜仕途最终不顺，且年纪轻轻就撒手人寰了。

不过，李贺确实“天才俊拔”，也极勤奋。据云总是天天早起，“骑弱马”携“锦囊”，带一西域少数民族仆役“小奚奴”，出去边走边想，有“所得”诗句就急书投入，“暮归”回家补足。其母每见囊中太多，就会说“是儿要呕出心”才止，所以留下了不少文思“惊迈”、词语“奇诡”的佳作。当时就“无能效者”，后人更以“诗鬼”赞之。据野史言，李贺死前曾见红衣人乘“赤虬”驾临，称玉帝建起“白玉楼”，“召君为记”，并称“天上”快乐，公事“不苦”，李贺“独泣”良久“气绝”，闻窗外“勃勃有烟气”与行车吹管之声，成仙去也。

《雁门太守行》系模仿汉魏乐府“相和歌辞”的诗作。雁门在今山西代县，境内群峰绵延，有两厢耸峙“其形如门”据传也是大雁南北迁徙必经之路的险地雁门山。战国名将李牧曾在此列“奇阵”大破匈奴，西汉名将卫青、霍去病征伐匈奴也多次进出，其西北部直至内蒙古一带古代曾名为雁门郡。李贺此诗，有说法称其18岁拜谒韩愈时已完成；另一说是元和九年（814）雁门郡发生兵乱，未久平息，正是这一年李贺来到潞州即今山西长治，投奔韩愈的侄婿、泽潞节度使的幕僚张彻，故更可能完成于此时。此诗或许就是以这次兵乱为视点，通过纯属想象但却惊心动魄的奇特笔触，描写了一场为捍卫朝廷尊严而视死如归的悲壮战斗，已成为李贺作品中的顶级名篇。

黑云[①]压城城欲摧，	阴云扑向了城头城也像摇摇欲摧，
甲光[②]向月金鳞开。	月光映照的铠甲已如闪金的鱼鳞排开。

角③声满天秋色里，	满天的号角呜咽在秋日的暮色，
塞上燕脂④凝夜紫。	边塞的血痕凝结成暗夜的深紫。
半卷红旗临易水⑤，	半卷红旗的勇士悲壮冲杀，
霜重鼓寒声不起。	浓重的寒霜却冻结着鼓声难起。
报君黄金台⑥上意，	为报答主君黄金台般的知遇，
提携玉龙⑦为君死。	提一柄长剑心甘情愿慨然赴死。

【注释】

① 黑云：形容战地的烟尘。

② 甲光：铠甲的光芒。

③ 角：此处指军中的号角。

④ 燕脂：本义为红色颜料，此处指红色、红血。

⑤ 易水：在今河北易县，战国时期勇士荆轲谋刺秦王出发之前，燕国太子丹等曾送至易水边为之壮行，荆轲慷慨而歌“风萧萧兮易水寒，壮士一去兮不复还”，登车不回首而去；此处应系借荆轲旧事喻指浴血奋战的悲壮勇士。

⑥ 黄金台：战国时燕昭王为招揽贤士所筑，实为高规格的豪华宫室，因有此举故魏国大将乐毅、齐国学术家邹衍等陆续前来效力，燕国由弱转强，后世遂以此借指君王的礼遇人才。

⑦ 玉龙：此处指宝剑。

26. 许浑：《晚登龙门驿楼》

许浑（约791—854），唐代诗人，字用晦，祖籍安州即今湖北安陆，后居润州丹阳即今江苏丹阳。唐文宗太和六年（832）举进士，晚年官至刺史。但其并不热衷官场，而更乐于“林泉”，当时诗名极高，那句被用以比喻事态发生先兆的“山雨欲来风满楼”即是此君手笔。

据说，许浑某次游历江南名山天台，“旁眺”群峰，“仰看瀑布”，“穷览幽胜”，后白昼小睡“梦登”此山，忽见“宫阙凌虚”，似有人言“此昆仑也”，又见“数人方饮”，并招其“就座”共酌美酒。这时“一佳人出笺求诗”，醒后吟成“晓入瑶台露气清，座中唯有许飞琼；尘心未尽俗缘在，十里下山空月明”。异日“复梦至山”再遇佳人，曰“子何题余姓名于人间”，原来是王母娘娘的侍女许飞琼，许浑立即改为“天风吹下步虚声”，佳人曰“善矣”。虽系故事，也反映了其诗已到了“仙子所爱，梦寐求之”的程度。许浑的“登高怀古”诗作也是“格调豪丽”，每具“壮心”，犹若“强弩初张”，生前身后均“慕者极多”，《晚登龙门驿楼》就是其中的代表性篇章。

龙门，是唐代绛州一县即今山西河津。据传大禹治水时凿开县西北龙门山，“断门阔一里余”，使“黄河自中流下”，裂山狂啸而过，怒涛汹涌，浊浪澎湃，形成了秦晋大峡谷中极为险要的一段。又传每年春天都有无数鲤鱼逆流前来，一旦跃过即化为龙，但成者寥寥，故古代将科考举进士喻为“登龙门”。龙门也是古代黄河上的重要渡口，附近设有驿站。许浑某次公出途经此地，登临驿楼，眺望气势磅礴的黄河激流，又联想到那个神奇的鲤鱼传说，不免有所感悟，便留下这首似还含有几许励志情趣的诗作。

鱼龙多处凿门开，	将这样可使鱼龙变化的山门凿开，
万古人知夏禹[①]材。	万古千秋无人不知夏禹的雄才。
青嶂[②]远分从地断，	远列两岸的青峰如从地底劈断，
洪流高泻自天来。	居高直泻的洪流仿佛凌空飞来。

风云有路皆烧尾[3]，	风云有路但务须争得天火烧尾，
波浪无程尽曝腮[4]。	跳不过联翩的大浪就只好干晒两腮。
心感膺门[5]身过此，	心想着鹏程锦绣恰又身临此境，
晚山秋树独徘徊。	独步在晚山秋树里真是思悟满怀。

【注释】

① 夏禹：即大禹，因其为夏后氏首领、夏朝开国君王，故有此称。

② 青嶂：如同屏障般高峻的青山。

③ 烧尾：鲤鱼跃龙门成功之后的化龙过程；有记载称每年涌来的鲤鱼不计其数，能跃过“登龙门者不过七十二”，一旦跃过就有“云雨随之”，“天火自后烧其尾”化而为龙。

④ 曝腮：鲤鱼跃龙门不得成功的晒腮窘相，谓之“曝鳃龙门”，后人又以此比喻科举落第或文士处境的困顿。

⑤ 膺门：李膺门下，借指获得名高望重者的赏识接纳；李膺是东汉桓帝时期士大夫集团中文武全才的俊杰，曾亲冒“矢石”几次率部击破鲜卑侵犯，使之“望风惧服”，还断然诛杀过当权宦官张让“贪残无道”的弟弟，也曾免官讲学“教授常千人”，身处“朝廷日乱”之际却能“独持风裁”，很为当时士大夫钦仰，凡能被其“容接”门下者皆以“登龙门”称之，引为殊荣。

27. 杜牧：《并州道中》

杜牧（803—853），唐代诗人，字牧之，号樊川居士，京兆万年即今陕西西安人。祖父杜佑官至宰相，是集 30 余年心血编定政史巨著《通典》的全才学者。其父曾任宫廷秘书丞，堂兄杜悰被唐宪宗招为驸马，后也官至宰相。出身诗书簪缨世家的杜牧“自负经纬才略”，23 岁写出气势如虹的警世雄文《阿房宫赋》，声名渐起。杜牧唐文宗太和二年（828）举进士，后官至刺史与草拟宫廷诏书的中书舍人。其唯一的传世书法，被宋徽宗亲题“唐杜牧张好好诗”并钤印玺，1956 年由收藏名家张伯驹无偿捐出，已成为凤毛麟角般的文物。

杜牧为官“刚直”，敢于“指陈病利”，言语“切至”，诗作名句“商女不知亡国恨，隔江犹唱后庭花”，“一骑红尘妃子笑，无人知是荔枝来”等无不隐含讽喻。但作为贵胄子弟也沾染着浓厚的膏粱习气，“十年一觉扬州梦，赢得青楼薄幸名”就是其自嘲也是自况。

《并州道中》写作时间不详，但应系杜牧确实成于山西的诗作，表现的是某次官差途中奔波在太原或其周边的劳累不爽之情。此外，杜牧还有一首途经“安邑”即今山西夏县的《过田家宅》。至于那首被山西汾阳、安徽池州争来争去的“清明时节雨纷纷”，杜牧故世后其外甥裴延翰为之所编《樊川文集》以及北宋补编的《樊川外集》《樊川别集》中均无此诗，其后在类书《锦绣万花谷》中始以所谓“出唐诗”露面，但并无作者。再以后杜牧逝世 300 多年时，书商冒用著名诗人刘克庄为主编，攒凑大众读物《分门纂类唐宋时贤千家诗选》，才将署名拉到杜牧身上。因此《全唐诗》不予收录，不少学者也认为其出处“殊为可疑”。故无论作者是谁，作于汾阳或池州的说法均不免有牵强之嫌。

行役[1]我方倦，	东奔西走的官差真令人厌倦烦闷，
苦吟谁复闻？	苦不堪言的咏叹可有谁来倾听？
戍楼[2]春带雪，	春日里守军的望楼依然披着残雪，
边角暮吹云。	边镇的号角刺破了暮色中的流云。

极目无人迹，	放眼远眺也不见些许人迹，
回头送雁群。	回首望去却只能目送那远去的雁群。
如何遣公子③，	该如何重归我高门子弟的本位，
高卧醉醺醺。	好清清静静安心睡卧且喝个醉意沉沉。

【注释】

① 行役：百姓兵役、劳役之类的跋涉，官员公务外出的奔波。

② 戍楼：守军的望楼。

③ 遣公子：遣，本义为释放也可作派往等解；公子，富贵人家子弟的雅称，也指读书人。

28. 李商隐：《寒食行次冷泉驿》

李商隐（约 813—约 858），唐代诗人，字义山，原籍怀州即今河南沁阳，先世迁居荥阳。商隐聪颖早慧“幼能为文”，但少年失父生活艰难，十二三岁就“佣书贩舂”给人抄书、捣米挣钱贴补家用。后获重臣令狐楚的赏识扶持得中进士，又在为泾原节度使王茂元“掌书记”管理文书期间被招为女婿。

当时，以宰相牛僧孺、李德裕为首的两派长期内斗，史称“牛李之争”。茂元系“李党”要员，而故世令狐楚之子令狐绹则是“牛党”主将，故商隐之娶被其指为“背恩”，商隐屡次登门“陈情”均遭冷遇，附和者也责其“无行”，致商隐一生深陷尴尬。或许，正是早年的不幸以及无端卷入政治旋涡导致的心理挫折，激发了偏执的刻苦与异类情思，才留下诸如“春蚕到死丝方尽，蜡炬成灰泪始干”，“身无彩凤双飞翼，心有灵犀一点通”，“沧海月明珠有泪，蓝田日暖玉生烟”，“春心莫共花争发，一寸相思一寸灰”这样意象诡谲、旨趣“幽眇”似又隐含着爱情与生命密码的佳句。长商隐 40 岁的白居易就极喜其诗，曾戏言“我死后得为”你的儿子则“足矣”。白居易死后商隐为之撰写了墓志铭，生子后起名“白老”，但却是个傻子；继又生了一个“聪俊”“英秀”的“娇儿”，人谓才是居易真“后身也”。

《寒食行次冷泉驿》中的寒食，是我国古代清明节前一个重要节日。冷泉驿是冷泉关口的重要驿站，冷泉关位于太原盆地通向晋南临汾盆地的必经之路灵石县雀鼠谷北段，为“数十里间道险隘”的雄关要冲。唐武宗会昌三年（843），商隐卜居永乐县即今山西芮城永乐镇，自号玉溪生，言永乐所居一草一木皆由“自栽”。是年岳父王茂元故世，前不久母亲也故世，商隐在家守孝。就是这一年，商隐曾到太原，还到交城县拜访了岳父为官时的“故府”。次年春，太原发生兵变，局势纷乱，商隐乃匆匆离开，这首诗应该就是返家期间的过路之作。

归途仍近节，	归途中还是临近了寒食时节，
旅宿倍思家。	寄宿客舍越感到想家念家。

独夜三更月，	孤独的夜晚高挂着三更的凉月，
空庭一树花。	空旷的庭院里映一树惨淡的花。
介山[1]当驿秀，	直对驿站的介山秀色葱茏，
汾水绕关斜[2]。	穿越雄关的汾水弯弯绕绕顺势而下。
自怯春寒苦，	本已经非常畏惧春寒的难耐，
那堪禁火赊[3]？	哪还能再消受冷食禁火的敲打？

【注释】

① 介山：即从山西介休延伸到灵石县的绵山，相传就是春秋时期随晋文公出奔19年归国后“不言禄”不争功的介之推携母隐居而死之处；但按照《左传》的原初记载，之推失踪后文公曾四处寻找“求之不获”，遂将“绵上”封为之推祭田，表示要“以志吾过，且旌善人”即记住自己的过失并彰扬好人；《史记》中也仅增添了之推隐于“绵上山中”赌气不出，文公环山“封之”且“号曰介山”的内容；这样处置的文公，全然是一位明君形象；后来所谓的文公下令放火“焚山”迫使之推露面致其烧死，或者之推曾经“割股”削下大腿肉奉君充饥、文公最终背恩等情节，则多系传言与杜撰而已。

② 斜：此处协韵应读作 xiá。

③ 禁火赊：禁火，指不燃火、食冷餐；赊，此处应读作 shā，意即长久、长远；禁火是古代寒食节的主要习俗，相传就是源于民众对被烧死的介之推的祭念，从清代起定为清明节前一天，曾经非常隆重，活动内容也多，现已废置不过。

29. 温庭筠：《陪河中节度使游河亭》

温庭筠（？—866），唐代诗人、词人，字飞卿，初唐宰相温彦博之后，太原府祁即今山西祁县人，久居长安附近的鄠县即今陕西户县。庭筠“敏悟”超常，情思绮丽，“工律赋”更善“鼓琴吹笛”，自称“有弦即弹，有孔即吹”。晚唐科考，须押官定标准韵脚，八韵一篇。庭筠每逢临场，“笼袖”筒手两掌五指一叉，瞬间一韵乃成，“八叉手成八韵”，故得雅号“温八叉”。

凭借非凡的艺术禀赋，庭筠终于成为唐诗转型宋词的开先河人物。五代时人赵崇祚编辑我国首部词集《花间集》500篇，首卷即是此君之作，所选66篇也系18位作者之冠。清奇纤巧的珠玑妙句“小山重叠金明灭，鬓云欲度香腮雪”，“过尽千帆皆不是，斜晖脉脉水悠悠”，“柳丝长，春雨细，花外漏声迢递”以及“鸡声茅店月，人迹板桥霜”等都是他的杰作，被公认为“花间派”词家的当然鼻祖。

然而，据云庭筠相貌奇丑，人谓“温钟馗”；且交游“尘杂”，常与一些浮浪子弟“蒲饮狎昵”，沉迷酒色。因其种种“薄行”屡遭摈斥，直至晚年方得到一个国子助教的头衔。聊可叙者，那位留下名言“易求无价宝，难得有情郎”的超级才女道士鱼玄机，少时与已届“不惑”的庭筠结识，从此相互诗词酬唱，直至玄机致死婢女坐罪被杀，亦师亦友相知十五六年，为后世演绎者增添了不少驰骋想象的浪漫空间。

庭筠在长安时，宰相令狐绹对其“待遇甚优”。唐懿宗咸通元年（860）左右令狐绹出任河中节度使，驻节蒲州即今山西永济，庭筠曾去拜访。此前不久，蒲州在黄河渡口新筑一座亭台，建构宏伟，设计精美，“左右名山穷极目，东西大道锁轻舟”，直至宋代一直都是知名遐迩的景观。《陪河中节度使游河亭》就是庭筠此时之作，也是描写这一名胜风光的诗词中的拔尖之作。

倚阑愁立独徘徊，	独自儿倚着栏杆愁绪徘徊脑海，
欲赋惭非宋玉[①]才。	欲写首好诗却愧无宋玉的高才。

满座山光摇剑戟，	满座扑面的山光摇动在仪仗的剑戟，
绕城波色动楼台。	绕城流过的浪波拍打着美丽的楼台。
鸟飞天外斜阳尽，	晚归的飞鸟消失在夕阳融尽的天边，
人过桥心倒影来。	桥心的过客好一似轻踩着倒影走来。
添得五湖②多少恨，	多少年江湖游荡的怅惘骤然平添，
柳花飘荡似寒梅。	抬望眼飘飘柳絮竟如同冷飕飕的落梅。

【注释】

① 宋玉：战国时期楚国著名文士、辞赋巨子，生年较屈原为晚，一说系屈原弟子，传世之作除《九辩》外，其他如《风赋》《高唐赋》《神女赋》《登徒子好色赋》《对楚王问》等，是否其人所写多有争议，但这些作品在我国文学乃至文化史上均占有相当重要的地位。

② 五湖：泛指江湖河海，大地山川。

30. 司空图：《丁未岁归王官谷》

司空图（837—908），唐代诗人、诗论家，字表圣，河中府虞乡即今山西永济人，居于中条山麓风光旖旎的王官谷。唐懿宗咸通十年（869）举进士，唐僖宗广明元年（880）任礼部员外郎，继升礼部郎中。

是年冬，黄巢反军攻破长安，僖宗出奔四川，司空图“从之不及”退返王官谷。僖宗光启元年（885）扑灭黄巢，重归长安，司空图随之还朝，被授官草拟诏书的中书舍人。未数月，就又因当权宦官与节度使的矛盾引发混战，僖宗再度出奔，几路节度使的军马相继进入长安。连年兵祸终于使司空图彻底心灰意冷，遂于“丁未岁”即光启三年（887）告别官场，再返故里。同时，写下这首《丁未岁归王官谷》，以退归田园的长歌当哭，抒写了对于多年忽视伦理教化而导致朝纲紊乱、烽烟四起的苦楚无奈之情。

此后，司空图被朝廷屡召不赴，并将毁于战乱的家亭重新修复，更名“休休亭”，以“休休休，莫莫莫”记之，决计一休了之。但每逢春秋村社祭祀时，其必与“闾里父老鼓舞相乐”，绝无丝毫“傲色”。晚年司空图预置坟茔，甚至邀友朋坐于墓穴“赋诗酌酒”，谓之“暂游此中”。当时寇盗猖獗“所过残暴”，却因敬畏司空图而从不祸害王官谷，不少士民赖以免难。后朱温篡位，唐朝灭亡，次年末代君王唐哀帝也被弑，司空图闻之悲伤“不食”，数日逝去。有后人辑本《司空表圣诗集》等传世，最知名的《二十四诗品》，以雄浑、冲淡、纤秾、沉着、高古、典雅、洗练、劲健、绮丽、自然、含蓄、豪放、精神、缜密、疏野、清奇、委曲、实境、悲慨、形容、超诣、飘逸、旷达、流动24条，区分我国诗歌风格，至今仍是中华古典诗论中的经典著述。

家山牢落[1]战尘西，	战火的烟尘虽说在寥落的故园之西，
匹马偷归路已迷。	单骑独马悄然归来却已是乡路迷离。
冢上卷旗人簇立[2]，	旗幡卷动的坟头环聚着肃立的人众，
花边移寨鸟惊啼。	花甸边移建的新寨仍旧有鸟群惊啼。

本来薄俗③轻文字④，
却致中原动鼓鼙⑤。
将取一壶闲日月，
长歌深入武陵溪⑥。

累积多年的风尚衰败与教化轻忽，
终导致叛乱的旗鼓震撼了中原大地。
且让我捧壶浊酒消闲岁月，
吟一曲长歌深入那与世隔绝的武陵清溪。

【注释】

① 牢落：寥落、荒芜。

② 簇立：簇，聚集、围拢；簇立，环绕肃立。

③ 薄俗：轻薄习俗、低劣世风，礼义的衰微沦丧。

④ 文字：此处指文章典籍，可引申为其中的教化内容。

⑤ 鼓鼙：本义为古代的大军鼓与小军鼓，后多借指战争行动。

⑥ 武陵溪：陶渊明《桃花源记》中，捕鱼的武陵人步入桃花源后，一路沿着行走的小溪，后人多以武陵溪或武陵作为桃花源的借称，并喻隐居。

31. 李存勖：《题北京西山童子寺》

后唐庄宗李存勖（885—926），先祖为归顺唐朝的沙陀族人，其父李克用出生于神武川新城即今山西应县，因镇压黄巢崭露头角，再因节度使混战中支持朝廷进封晋王，坐镇太原。后梁开平元年（907）朱温篡唐自立，次年克用故世，存勖继为晋王。又经过十多年征战，终于在其同光元年（923）灭掉后梁，称帝洛阳，自谓承嗣唐朝，在太原为唐高祖、太宗建庙奉祀，史称后唐。但此后开始恣意妄为，尤喜“歌舞俳优之戏”，整日与宠信优伶厮混玩乐，还亲扮丑角粉墨登场，导致朝纲昏暗，引发多地叛乱。同光四年（926）都城兵变，亲军突袭皇宫，存勖抵抗“击杀数十百人”后中箭死去，优伶以“廓下乐器”覆盖尸身，将其焚烧归天。

存勖戎马半生，却实系文武全才，精通汉学，也善诗词，传世不足10篇均堪称上品，写于称帝之前的《题北京西山童子寺》就是其中之一。

北京即唐代北都太原，故城在汾河西岸。童子寺在城西龙山，始建于南北朝北齐天保七年（556）。据称当时有位冀州宏礼禅师来此山住，“忽见五色光明云”升空“遍照”，“云中有四童子坐青莲座游戏”，“响动大地，岩巘颓落”，“崩处有弥陀佛出现”，“三晋尽来致礼，多有灵异”，禅师遂请建寺，并依山开凿“坐高一百七十余尺”的大佛。临近的“北谷”开化寺，也开凿有“高二百尺”的大佛。唐高宗显庆五年（660）“巡幸”并州时曾与皇后武则天拜谒两寺，返京后赐送特大袈裟二领。大佛“披袈裟日”，“从旦至暮放五色光，流照崖岩，洞烛山川”，“瞻睹”者成千上万，络绎不绝。后两寺皆毁，仅有燃灯石塔、连理舍利塔等尚存。两座大佛一座已无考，一座就是近年太原重新修复的“蒙山大佛”。

昔时童子慕清闲，	当年有童子倾慕这里的清净安闲，
今古犹传在此山。	今古相传仍然修炼在此处深山。
百派[①]峥嵘流海内，	百多道河川曲曲弯弯流过大地，
千溪突屼[②]透云间。	数千条小溪奔突飞荡直下云端。

猿啼岭上深幽静，
虎啸岩边去复还。
恤想翠花[3]峻谷[4]变，
空留禅室喜登攀。

群猴的啼叫划破了岭上的幽邃，
似还有断续虎啸起落在远方的岩边。
想几代王朝已如高峰化谷般转换，
空留得说佛诵经的禅堂供人游乐登攀。

【注释】

① 派：河水的支流。

② 突屼：高耸，高低起伏状。

③ 翠花：也称翠华，即翠羽装饰的皇帝专用车盖以及旗帜，常代指皇帝的御驾或皇帝，此处可作江山社稷解。

④ 峻谷：高山深谷，反差极大，用以比喻巨变。

32. 宇昭：《塞上赠王太尉》

宇昭，生卒年等不详，北宋佛门诗人“九诗僧”之一，应系宋代江南路即今江苏西南到江西一带人。“九诗僧”活跃于北宋初年，彼此寄食四方，交游甚广，当时即有诗作合集刻本，后亡失。明末时，江苏藏书家汲古阁主人毛晋之子毛扆获得佚本，1920 年江西藏书家李之鼎刻印《圣宋九僧诗》，收宇昭诗 12 首，《塞上赠王太尉》即其最知名之作。诗中的“马放降来地，雕盘战后云”一联，曾被欧阳修称道为“九诗僧”中的代表性“佳句”。

塞上是古长城内外边境一线的泛称。北宋初年，曾在今山西、河北北部与契丹辽国交战 20 多年。王太尉据当时诗人魏野誉其“少有元戎是状元”推断，可能是宋太祖开宝八年（975）汾州即今山西汾阳籍状元王嗣宗。嗣宗后官至最高军政衙门枢密院副使，故有太尉之称，也曾出任大同军节度。有说法认为，此诗将嗣宗比作西汉名将霍去病，是对其获得胜利使边境安宁的歌颂。不过，透过诗中的奉承意味审视，真正配得上如此赞美的实际只有霍去病了。

霍去病河东郡平阳即今山西临汾市尧都区人，其姨妈就是汉武帝皇后卫子夫，舅父就是名将卫青。去病善骑射也有胆略，少时即为天子侍中。武帝元朔六年（前 123）卫青奉旨出击匈奴，18 岁的去病以嫖姚校尉之职随征，亲率“勇骑八百”突出大军数百里冲刺，斩杀“二千二十八”人，包括匈奴单于的祖父辈要人与相国等，活捉了单于的叔父，一战成名荣获首功，武帝封其“冠军侯”。此后，去病四任主将、五次出击匈奴，共“斩捕首虏十一万余级”，迫降匈奴浑邪王部，开拓河西酒泉之地，远征漠北大获全胜，使“匈奴远遁”，“胡寇”锐减。所以，虽 23 岁即染病早逝，生前却一再加封，由骠骑将军到大司马，直至食邑 15 100 户，官爵压倒众多将领，也完全追平了舅父。可见，去病虽系皇亲，名标后世的关键还是其出生入死的勇毅与出类拔萃的军事才华。

嫖姚[①]立大勋，	嫖姚校尉霍去病勇立奇勋，
万里绝妖氛[②]。	边陲万里绝断了祸乱的烟尘。

马放降来地，	马群牧放在归降的土地，
雕盘战后云。	金雕盘旋于战后的闲云。
月侵孤垒没，	月色围拢的孤堡似有若无，
烧[3]彻远芜[4]分。	远望处野火扫过的草丛线条分明。
不惯为边客，	作客塞上总好像不大习惯，
宵笳懒欲闻。	到夜晚声声胡笳也懒得细听。

【注释】

① 嫖姚：霍去病首次出征的官衔为嫖姚校尉，后世遂以此代指其人；霍去病在远征匈奴期间，出陇西，控河西走廊，越居延海，攻祁连山，短短四年转战数千里，而其最精彩的一仗当属武帝元狩四年（前119）的远征漠北；是年，武帝令卫青、去病各率“五万骑”，运送粮草的“踵军数十万”，分两路讨伐匈奴，卫青一路取胜，去病则更加出色，北去“二千余里”，涉险地，绝大漠，接战匈奴左贤王，斩杀无数，大败其军，虏获“七万有四百四十三”人，一直追击到瀚海，有说法即今俄罗斯贝加尔湖；大捷后，去病“封狼居胥山，禅于姑衍”，就是在今蒙古国肯特山筑坛祭天、在姑衍山筑坛祭地，昭告胜利，张扬皇威，成为我国军事史上一桩具有经典意义的壮举。

② 妖氛：不祥的云气，喻指凶祸。

③ 烧：此处应指野火。

④ 芜：丛生的草莽。

33. 范仲淹：《谒帝尧庙》

范仲淹（989—1052），北宋大臣、文学家，字希文，苏州吴县人。两岁失父，母无奈携其改嫁，从继父易为朱姓。长大后知悉家世，“感泣辞母”外出求学，发奋苦读“昼夜不息”，食物不足天天“糜粥继之”，冬日寒冷“惫甚”以水浇脸坚持，“人不能堪，仲淹不苦也”。宋真宗大中祥符八年（1015）终于举进士，乃迎母“归养”，恢复原姓更名仲淹。

此后，其政治才能渐显，但因多次上疏，犀利直谏，言语每多激昂，又陷入“朋党”之争而致屡升屡贬。为之，同僚梅尧臣曾作《灵乌赋》相劝，称乌鸦鸣叫报凶本是“献忠”却不择时，反被认定“凶从尔出”，告诫其应学“凤之时鸣”把准时机说话，以令人“不怪”“不惊”。仲淹读罢作同名《灵乌赋》回赠，以斩钉截铁的名言“宁鸣而死，不默而生”表达了不屈不挠的决心。

宋仁宗庆历四年（1044），官拜参知政事即副宰相的仲淹，上疏《答手诏条陈十事》，提出“明黜陟”“精贡举”“均公田”“修武备”“厚农桑”“减徭役”等变革主张，仁宗下旨施行，史称“庆历新政”。但因其“规模阔大”，“更张”步伐过快，导致“人心不悦”，“谤毁稍行”，反对声势日益强烈。为了缓解矛盾，仁宗诏准仲淹离京，以宣抚使巡视河东等地。次年春正式罢相，变革遂告失败。

《谒帝尧庙》就是其巡视河东时所作。帝尧是我国上古“五帝”之一，史籍有“尧都平阳”之说，在今山西临汾市尧都区，西晋起此地就建有帝尧庙。唐高宗显庆三年（658）重建，供奉尧、舜、禹三帝。这首诗，应该是其目睹了当地乡民在帝尧庙前谢神庆贺丰年的感兴之作。

千古如天日①，	帝尧的千古永垂真如青天白日，
巍巍与②善功。	巍巍然留下了至善无边的奇功。
禹终平泽水③，	大禹平定过洪水的肆虐泛滥，
舜亦致薰风④。	舜也曾引来惠泽万民的祥风。

江海生灵外，	江海已远在生灵之外，
乾坤揖让[5]中。	君位的交接却总是礼让贤能。
乡人不知此，	乡里人或对此并无所知，
箫鼓谢年丰。	只乐得敲锣打鼓红红火火敬谢丰登。

【注释】

① 天日：比喻帝尧；司马迁曾以“其仁如天，其知如神；就之如日，望之如云”称颂之，孔子也以“巍巍乎唯天为大，唯尧则之；荡荡乎民无能名焉”盛赞，将帝尧誉为仁德如天、智慧如神、温和宽厚如太阳、勋绩崇高到民众语言无法表达的超级圣君，后世类似说法也甚多。

② 与：此处指给予、赋予、赐予。

③ 洚水：水逆行，指洪水泛滥。

④ 薰风：和暖的风，多指初夏的南风；《礼记·乐记》中有“昔者舜作五弦之琴，以歌‘南风’”一说，就是后世流传甚广的《南风歌》“南风之薰兮，可以解吾民之愠兮；南风之时兮，可以阜吾民之财兮”，舜帝希望温暖的南风解除百姓的烦怨，来得及时的南风能增加百姓的财富，所以有古学者认为“‘南风’者生长之音也，舜乐好之”，遂“得万国之欢心，故天下治也”。

⑤ 乾坤揖让：乾坤，此处指江山、天下，也指君权；揖让，指尧、舜、禹时期的帝位“禅让”；据云尧晚年知其子丹朱“不肖”，“不足授天下”，复经多次考验拟将帝位传舜，但尧故世后舜曾反复“让避”不得，才“践天子位”，舜晚年也认为其子商均“不肖”，因此“荐禹于天”，舜故世后禹同样“辞避”一番后始登基继位，这就是古代所谓“传贤不传子”的无私权力交接，真正的情况恐远非宣称的那样美好，在高风亮节的背后其实每每潜藏着激烈的权斗乃至政变。

34. 文彦博：《太原府统平殿朝拜》

文彦博（1006—1097），北宋大臣，字宽夫，汾州介休人。其为人“公忠直亮”，“尊德乐善”，宋仁宗天圣五年（1027）举进士，与同科包拯“包青天”交情甚厚，还“相与姻缔”结为儿女娃娃亲家。但包拯早逝，子包绶当时年仅五岁，家境贫寒，后彦博作《举包绶》上奏，称包拯“秉节清劲，直道立朝”，其子也“能世其家，恬静自守”，望朝廷重视，仍将女儿嫁给包绶。

彦博早年曾任并州榆次知县，50岁官拜宰相，加封潞国公，古稀之年“判太原府”领河东节度使。后来，彦博在洛阳与司马光等老年“耆宿”13人，“序齿不序官”平等交往，常相“置酒赋诗”，“以道自重”，雅称“耆英会”载入史册，91岁故世，谥号“恭烈”。《太原府统平殿朝拜》应是彦博在家乡为官期间所作，也为太原一桩划时代的历史事件留下了非常难得的记叙性诗章。

五代十国末期，宋太祖赵匡胤于建隆元年（960）篡位后周自立，后陆续平定南方诸国，而占据河东太原及其周边数州的北汉依旧割据。从太祖开宝元年（968）到九年（976），两度御驾亲征均告失败。宋太宗赵光义继位后，太平兴国四年（979）重新亲征，经周密准备先击败契丹援兵，陆续扫平周边，筑起长连的围城久困太原，昼夜轮番攻击，付出惨烈牺牲终于迫降北汉，这就是被后世演绎为文学故事的“三下河东”。为此，太宗亲作《平晋记》刻石立碑，又将其行宫赐名平晋寺，宋真宗时更名崇圣寺，建太宗圣容殿，又在寺西院建资圣禅院“为将士战亡者追福”，仁宗时将圣容殿更名统平殿，于皇祐五年（1053）奉安檀香木制“太宗御容”，以“显扬祖宗”功业“之盛美”。明弘治年间寺院“没于汾水”，统平殿“亦无存”，遗址应在今汾河东岸。

逆垒[①]弥天甚，	逆贼固守的城垒曾有过盖天的凶险，
君王驻翠銮[②]。	皆仰赖圣君王御驾坐镇率军苦战。
荆榛亲剪伐，	罪孽的荆棘乱木几度亲征剪伐，
家业信艰难。	太祖太宗的大业创建真是无比艰难。

一剑江河定，	但毕竟一剑纵横平定了江河，
千年庙社③安。	也终于迎来宗庙社稷千载的安然。
故城④禾黍美，	毁弃的故城如今种遍了丰美米粮，
无复验泥丸⑤。	绝不会再出现抵抗王师的愚顽。

【注释】

① 逆垒：逆贼控制的壁垒，此处指北汉占据的太原；北汉建立者刘崇，五代十国后晋河东节度使、太原留守刘知远之弟；后知远称帝太原，继定都开封，史称后汉；知远死后，后汉大将郭威篡位建立后周，刘崇步其兄后尘继续称帝太原，就是北汉；国土虽小，但凭借地形优势以及当年并州一带强悍的民风，与后周、北宋抗争近30年，共传四帝；宋太祖首次举兵进攻时，连下数十道诏书劝降均遭拒绝，二次御驾亲征苦战数月仍未取胜，直至宋太宗时才被彻底平定，末帝刘继元投降。

② 翠銮：銮，原意为天子车乘的仪铃；翠銮，代称天子御驾。

③ 庙社：宗庙社稷，引申为宋王朝的江山。

④ 故城：废弃了的太原城；宋太宗平定北汉后，对在太原遭遇的顽强抵抗极为愤懑，又因唐高祖李渊、后唐李存勖、后晋石敬瑭、后汉刘知远等皆由太原崛起称帝，为永绝"龙脉"在攻克未及半月，就下诏称此地"以山川险固，城垒高深，致奸臣贼子违天抗命"，严令将"太原旧城"悉数"荡平"，亲自坐镇驱迁百姓，随即纵火"焚其庐舍"，"万炬皆发"，"一日俱尽"，"民老幼趋城门不及焚死者甚众"；次年又下诏"壅汾河、晋祠水灌太原"，彻底夷平这座近1500年历史的古城，太平兴国七年（982）复于汾水之东唐明镇重建新城，即今日太原之雏形；据云建城时一概不准修十字街，均为丁字街，以期钉死"龙脉"，这样的格局到20世纪50年代才被渐渐打通。

⑤ 验泥丸：文彦博诗末自注称，"太祖朝天兵至城下，城中作十丸掷空中卜之，外虽破，里头完，则城尚可保平安；太宗朝天兵再至，复为此卦，而一掷内外俱碎，城遂下"；卦肯定不会如此灵验，太原城最后被攻破也未必因此，恐多半还是传说而已。

35. 司马光：《故绛城》

司马光（1019—1086），北宋名臣、文史学家，字君实，陕州夏县即今山西夏县人。其“砸缸救友”的佳话，当时就被“京洛间画以为图”传赞不已。20岁高中进士，后官至极品，但自奉极严，几十年“多穿麻葛粗布”，“食不敢常有肉”，不纳妾不蓄妓，夫人不育，多次为其“讨小”都被拒绝，仅过继侄子司马康为嗣，以儒家“修齐治平”的标准衡量，堪称“完人”。而在写给继子的家教名篇《训俭示康》中，则留下“俭，德之共也；侈，恶之大也”，“由俭入奢易，由奢入俭难”这样的千古箴言。

宋神宗熙宁二年（1069）王安石推行“变法”，司马光坚决反对，无奈自请离京，谋了个西京御史台的闲职。从此“居洛阳十五年”朝政“绝口不论”，改号“迂叟”悉心著述，终于完成了不朽的史学巨制，神宗钦定书名《资治通鉴》，意即治天下可资借鉴的古事通览。浩如烟海的文献取舍，300多万字的文稿裁定，日均进度五六百言，基本呕心沥血，亲力亲为，仅残稿就堆满两间房屋，书成时身体已坏得“筋骸癯瘁，目视昏近，齿牙几无”。但“变法”引发民怨，其威信反而大增。所以，神宗元丰八年（1085）驾崩后，就被继位的宋哲宗召回拜为宰相。司马光决计“救焚拯溺”，抱病“躬亲庶务，不舍昼夜”，次年即废尽“新法”。未数月就与政敌王安石相继故世，谥号“文正”。

《故绛城》中的绛城，指春秋时期的晋国都城，最初在今山西翼城、曲沃县一带，史称“故绛”；后迁都新田，在今山西新绛县一带，谓之“新绛”。宋仁宗嘉祐元年（1056），时任并州通判的司马光路过其地，触景生情，以此诗抒发了一位伟大历史学家的沧桑感慨。

文公[①]恢霸略[②]，	是文公弘扬光大了晋国的霸业，
征讨辅周衰。	用军事铁腕扶撑着周王朝的衰微。
奕世为盟主，	继而后屡代相传皆为盟主，
诸侯听会期[③]。	诸侯列国俯首听令恭敬如仪。

山河表里④在，	“表里山河”的天地形胜至今依旧，
朝市古今移。	当年的都市却早已变异无余。
欲访虒祁⑤处，	欲寻问那虒祁古宫曾经的所在，
乡人亦不知。	此地的乡里人也不知些许踪迹。

【注释】

① 文公：即晋文公，姬姓名重耳，春秋“五霸”之一，但此“霸”实义为“伯”，就是“诸侯之长”，诸侯“会盟”时的“盟主”；文公之父晋献公，已先后兼并了许多诸侯小国，使晋国疆土不断扩大，囊括了今山西南部和黄河对岸陕西、河南大片领土，经济、军事实力大增；但也发生了史称“骊姬之乱”的宫廷争斗，献公出兵讨伐太子致其自杀，继又讨伐重耳与另一公子夷吾迫使二人出逃；重耳在外流亡19年后归国夺得政权，通过“赋职任功”“举善援能”“弃责薄敛”“救乏振滞”“轻关易道，通商宽农”“利器明德，以厚民性”也就是用人论功论能、限制债赋盘剥、整治道卡、畅通商贸、施行德教、提升民众素质等一系列改制变革，使晋国“政平民阜，财用不匮”即政局平稳、百姓富裕、国家财力一点不缺；文公五年（前632）在城濮之战中击败楚国“一战而霸”，奠定了晋国作为诸侯盟主的百年基业。

② 霸略：争雄称霸的文韬武略。

③ 会期：会盟日期，“盟主”决定后诸侯列国均须按时赴盟。

④ 山河表里：意即外河内山，指晋国的地理形势；据《左传》载，城濮之战前楚军背险扎营，又传来似乎预兆不祥的歌谣，晋文公有点惶恐忧虑，谋臣狐偃也是其舅父遂为之鼓气曰，“战而捷，必得诸侯；若其不捷，表里山河，必无害也”，意即打胜了我们必为诸侯“盟主”，如果不胜晋国外有黄河屏障，内有高峻的群山，易守难攻，也不可怕，故后世常以“表里山河”形容山西地形的得天独厚。

⑤ 虒祁：即虒祁宫，实际并非晋文公而是后来的晋平公建造的宫殿；平公建此据云是为了压倒楚国的“章华之宫”，所以竭尽奢华，炫耀富有，耗资无度，却引起国人不满与诸侯小国的异心，未及三年平公故世，享受不得，劳民伤财之举几成讽刺；虒祁宫的确切位置，今已很难认定。

36. 赵瞻：《文湖渔唱》

赵瞻（1019—1090），北宋官员，字大观，祖籍永城即今河南永城，父辈徙居盩厔即今陕西周至。赵瞻宋仁宗时举进士，曾任山西万泉与夏县知县，宋英宗治平元年（1064）拜侍御史，几次上书直陈英宗的决策失当“言甚激切”，乃至不惜以“求退”抗辩，据理力争。越二年，被外放为汾州即今山西汾阳的通判，是虽为副手却有权“刺举”知州“职事”之“善否”的官衔。晚年，赵瞻官至“枢密直学士签书枢密院事”，又“以中大夫同知院事”成为主管军务的最高机构枢密院首脑。故世后，当朝太皇太后高氏叹曰“惜哉忠厚君子也”，罢朝“二日”，“车驾亲临”为其致哀，谥号“懿简”。

《文湖渔唱》应是赵瞻任职汾州通判时的诗作。文湖是山西古代汾州地区的著名大泽，也俗称“西河泊”。曾“东西一十五里，南北三十里”，“多蒲鱼之利”采收蒲草与捕鱼收益非常丰厚，后由于补水河流文峪河的改道湖面渐缩。从明清到近代，更由于堵湖垦田与灌引过度而日趋枯涸，最终湮灭。幸有赵瞻的手笔，为远古山西描绘了这样一幅宛似江南的秀丽画卷，清澈的湖面碧波荡漾，泛浮着一望无边的莲荷，捕鱼人吟着歌儿从熟悉的水道摇船而过，悠悠笛音飘散到了红蓼覆盖的岸畔，阵阵橹声搅动起一团一团的鱼群。如今读来，真令人为这颗明珠的消逝感叹不已。

诗中，赵瞻诸人也乘着扁舟摆开了水上酒宴，在明月清辉中放浪形骸，尽情狂歌，霎时间烦恼忘却，逸兴频添。于是，借题发挥地表达了一番我国士大夫阶层那种世代沿袭的心灵通病，也就是明明守着官爵却总是自诩向往隐逸生活的文化矫情。

湖光潋滟泛莲荷，	碧波荡漾的湖光里浮动着无边莲荷，
欸乃①渔郎惯此过。	哼着行船小调的渔郎轻松熟练地穿过。
笛韵吹残红蓼②岸，	悠扬的笛音消逝在红蓼掩映的远岸，
橹声摇出锦鳞③窝。	橹声摇出的鱼群滚成了闹热的漩涡。

狂歌明月闲愁少，	遥望明月纵情狂歌顿觉闲愁少少，
放浪扁舟适兴多。	乘着扁舟放浪身心真是快意多多。
莼菜鲈鱼[4]供一醉，	莼菜鲈鱼的佳肴也仅可一醉，
掉头归去卧烟蓑[5]。	哪胜如掉头归去肩披蓑衣永钓烟波。

【注释】

① 欸乃：欸，读作 ǎi；欸乃，象声词，形容摇橹的声音也指划船时的歌声。

② 红蓼：蓼科植物的一种，多见于河湖沟渠岸边，初秋时开玫瑰红或淡红小花，紧密微垂，往往数个组合为圆锥状，观赏性很强，古人常以此入诗。

③ 锦鳞：鱼的美称。

④ 莼菜鲈鱼：莼菜，一种多年生水草植物，嫩茎嫩叶可食，莼菜鲈鱼为古人非常推崇的南国佳肴；西晋名士张季鹰，在洛阳为官时“见秋风起”，想起家乡“吴中”的美味“莼菜羹、鲈鱼脍”，突然觉得“人生贵得适意”，怎能羁身“数千里”外图什么“名爵”呢？于是当即起身赶回江南，后世遂将思念故乡雅称“莼鲈之思”。

⑤ 烟蓑：蓑，读作 suō，指蓑衣，即用草或棕毛之类编制的防雨披具，也有头戴的蓑笠；烟蓑，烟雨中披着蓑衣的垂钓形象，借喻悠闲适意的归隐生活。

37. 程颢：《下白径岭先寄孔周翰郎中》

程颢（1032—1085），北宋理学大家，字伯淳，祖籍中山即今河北定州，高祖辈移居河南洛阳。程颢早年与弟程颐受教周敦颐门下，承其学说奠定了理学之基，史称“二程”，后被朱熹发展为“程朱理学”，又经王阳明等人扬弃取舍，逐渐占据了我国精神文化的主流地位，对后世政治与社会伦理的建构产生过深刻影响。程颢故世后，重臣文彦博以“明道先生”题其墓碑，遂成经典敬称。

宋仁宗嘉祐二年（1057），程颢与苏轼、苏辙兄弟同举进士，越七年调任三晋东南的泽州晋城县令。在职三年多有善政，曾办学72所，使“诸乡皆有校”，自己也常抽暇“择子弟之秀者聚而教之”。又作《晋城县令题名记》为历任县令刻石记事，以彰“贤者之政”，标志“不肖者”所为，令后人“以为师戒”。受其教化推动，当地崇文好学蔚然成风，携书本务农的“带经而锄”者“四野相望”，百姓“爱之如父母”，离任时“哭声振野”。晋城一县“儒服”念书人即达“数百”，成为举国之最。18年后文学家黄庭坚的叔父黄廉过此，仍甚感慨，乃以“河东人物气劲豪，泽州学者如牛毛”，“驱儿市上买书读，宁使田间禾不薅”，“去年较射九百人，五十八人同赐袍”，“今年两科取进士，落钧连引十三鳌”这样的诗句，赞美了程颢的文化业绩。

宋神宗元丰元年（1078）多地大旱，神宗下《祈雨诏》《差官祷雨诏》，派出臣下拜谒各方天地宗庙求雨，程颢奉令前往蒲城。归来时途经陕州所辖的今山西最西南部，曾受到孔子46世孙、主政陕州的孔周翰热情接待，随后翻越中条山的白径岭抵达紧临黄河的平陆县城。应该就在此时，程颢即寄送出这首有着明显答谢意味也颇具恢宏浩气的诗作《下白径岭先寄孔周翰郎中》。

骤经微雨过芳郊，	忽然间一阵微雨掠过飘香的田郊，
转觉长河气象豪。	大黄河的气象转眼就越觉雄豪。
归骑已登吴坂[1]峻，	归家的骑乘已登上吴坂险路，
飞云犹认华山[2]高。	飞伴的流云似仍在领略华山的崇高。

门前岐路通西国，	门前的岔道通向刚别的西地，
城上楼台压巨涛。	城头的楼台镇住了骇人的狂涛。
欲问甘棠[3]旧风化，	原本想请教治下的德政仁风，
主人邀客醉香醪[4]。	东道君却邀我共饮美酒一醉而倒。

【注释】

① 吴坂：即虞坂，在今山西平陆县境内，为春秋时期属于虞国的重要通道，开凿在崇山峻岭之间，道狭而险，是翻越中条山到达黄河渡口的咽喉路径。

② 华山：是我国所称“五岳”之一的西岳，古代一直享受着皇家祭祀的圣山。

③ 甘棠：西周初年武王的同姓王族召公奭，受命主治“西方”，约在今陕西岐山西南，召公常“巡行乡邑”，有棠树，总是坐其下“决狱”断事，自“侯伯”到“庶人”都能各得其所，从无失职，“甚得兆民”爱戴，死后众人思念，“怀棠树”而“不敢伐”，又作“甘棠之诗”讴歌，诗收入《诗经》，后世谓之“甘棠遗爱”，用以称颂官员的德政与所传遗风；据载，孔周翰曾任职陕、扬、洪、兖诸州太守，“皆以治闻”口碑甚佳，所以诗中借此而赞之。

④ 醪：读作 láo，浊酒、米酒，也泛指酒。

38. 张商英：《五台山》

张商英（1043—1121），北宋大臣、佛学论家，字天觉，蜀州新津即今四川新津人。宋英宗治平二年（1065）进士，徽宗崇宁二年（1103）蔡京官拜宰相，商英因“雅与之善”擢为副相，后渐“不合”，遭贬外放。徽宗大观四年（1110）蔡京被罢，商英一度出任宰相。史称其原本“意广才疏”，却由于“小变”蔡京“其政”而获得“忠直之名”，故“天下皆”不以为然。但此君却有一个显耀的人生亮点，就是对佛门的推崇。

据云，商英“长身伟然”形象不错，也很倜傥“负气”，早年时非常排佛，“欲著《无佛论》”申斥。后来在同僚处偶得《维摩经》，读罢“悚然”反悟，从此“深信佛法”，自号“无尽居士”，又撰制洋洋15 000言的《护法论》，批驳韩愈等人贬佛之说。声称“儒者言性而佛者见性”，“儒者劳心而佛者安心”，“儒者喧哗而佛者纯静”，“儒者争权而佛者随缘”，谓“儒者治外”仅及“皮肤”，道者也不过“治血脉之疾”，唯“释氏直指本根”，“治骨髓之疾也”，赢得了佛门中人的高度称道。

宋哲宗元祐二年（1087），商英因不满改易王安石“新法”，被“发遣河东路”即今山西“提点刑狱”巡查司法。正是这一机缘，使之成为我国首位“瞻拜”五台山且一一攀登台顶的重量级官员。尤其是，商英在五座台顶均予赋诗，又写下这首被冠名为《五台山》的“总咏”，六首组诗通过自命佛门弟子的视角，全方位描写了五台山的巍峨博大、清邃幽眇，虔诚赞颂了那种仿佛荡涤心魂的神奇圣洁，以至不染红尘、不落凡俗的超然气势，成为讴歌此地最早的或许也是至今无几人可及的精品之作。

五顶①嵯峨接太虚②，	巍峨的“五台”台顶直通向神妙天宇，
就中偏称③我师居。	清凉的奇境正是我佛师最佳的居处。
毒龙④池畔云生慄⑤，	毒龙池边盘绕着翻卷滚动的祥云，
猛虎岩前客过疏。	猛虎岩前尘世的俗客踪迹稀疏。

冰雪满山银点缀，	冰雪满山犹若纯净的白银装点，
香花遍地锦铺舒。	遍地的香花铺成了锦缎般的画图。
展开坐具⑥长三尺，	展开的僧衣纵然仅止三尺，
已占山河五百余⑦。	但却已占尽了无边风光大好的沃土。

【注释】

① 五顶：五台山五座台顶；五台山初名清凉山，居我国四大佛教圣山之首，供奉文殊菩萨，东汉开始建寺，南北朝已达200余座，隋文帝时诏令台顶建寺，为东台望海寺、西台法雷寺、南台普济寺、北台灵应寺、中台演教寺，五台山遂成正名；不过，最早所称的“古五台”台顶位于今山西五台县城周遭，与现在台怀镇周遭的“五台”尚有区别。

② 太虚：天空、宇宙，我国古代文化概念中也指辽远空灵的玄奥境界、万物最原始的实体“气”或者道家认为的世界本源“道”等，此处有兼而用之的意味。

③ 偏称：最合意、最适宜。

④ 毒龙：五台山有毒龙潜居之说，称“五台山乃万峰之中心”，“五百毒龙潜山而吐纳风云”，佛家声言这些毒龙与当地的猛兽后都被文殊菩萨降伏。

⑤ 懆：古同慅，有骚动之义。

⑥ 坐具：佛教语，亦称“随衣坐”，僧人用以护衣、护身、护床席卧具的布巾。

⑦ 山河五百余：赞佛法广大无边，兼有赞自然形胜的大好之义；有佛书称，北魏孝文帝拓跋宏曾经避暑五台山，佛祖“化为梵僧”，向孝文帝“乞一坐具之地”以“修行住止”，“帝许之”，“梵僧乃张坐具”，不料一张开就广大无边“弥覆五百余里”。

39. 麻秉彝：《广胜寺》

麻秉彝（1129—1178），金代诗人，字仲常，祖籍青州，先世移居山西河中府中条山麓风光秀丽的王官谷。金海陵王天德三年（1151）举进士，因其施政“有能声”由县令起升至兵部侍郎。秉彝善“诗文”，惜作品已散失。所以，被清代郭元釪编入《全金诗》的《广胜寺》就成为其仅有的传世诗作，也是古人描写该寺极早且是极少的佳篇。

广胜寺位于山西洪洞县境内霍山南端，寺旁有霍泉流出。东汉桓帝建和元年（147）始建，唐代宗大历四年（769）汾阳郡王郭子仪奏请重建，取“广大于天，名胜于世”意，御题匾额赐名“广胜”，还建有霍泉水神庙。后多次复修，又增建下寺。元代复修时绘制的大量壁画至今犹有存在，特别是水神庙泰定帝元年（1324）的“尧都见爱大行散乐忠都秀在此作场”壁画，已成为我国古代戏曲演出的形象性图标。建于明武宗正德十一年（1516）到世宗嘉靖六年（1527）的上寺“飞虹塔”，13 级浮屠七彩琉璃镶嵌，菩萨、天王、金刚、团龙、飞凤、麒麟等，雕饰奇巧，祥光流转，是现存冠盖中华的琉璃佛塔。

广胜寺还有一桩永骄后世的贡献，就是《赵城金藏》的秘藏。“金藏”即金代刻印的《大藏经》，金熙宗皇统九年（1149）开刻，据传发起者为一位崔姓佛门女弟子，曾自断臂膀，誓死化缘，感动了无数善男信女慷慨解囊，历“三十年”终于在金世宗大定十三年（1173）将这部近 7000 卷、每卷一轴展开可达 10 米的宏浩工程刻成。到近代，广胜寺仍有 5000 多卷秘藏，20 世纪 30 年代发现后因该寺当时属赵城县乃定为此名。后移交国家图书馆，成为与永乐大典、四库全书、敦煌遗书并列的镇馆之宝，也被学界公认为汉文佛典的稀世奇珍。

盘云梯石上崇冈，	蜿蜒盘转的石梯直通向峻峭的山冈，
殿角峥嵘古道场[①]。	峥嵘的殿角下就是岁月久远的道场。
寺纪汾阳亲奏额[②]，	汾阳王亲奏圣上获赐匾额的碑记犹在，
塔传阿育[③]久腾光。	阿育宝塔闪射着千百年不息的祥光。

檐前山耸千螺[4]秀，	飞檐前的群峰仿佛无数美女高卷的发髻，
槛外溪分二带[5]长。	栏杆外的溪流又如两条飘带净洁悠长。
种种尘缘都洗尽，	刹那间尘世的孽缘荡涤得无影无踪，
只因身在白云乡。	只因为此刻的我已经置身于佛国仙乡。

【注释】

① 道场：梵文意译，音译为菩提曼拏罗，指释迦牟尼成道之处，后借指供佛、诵经、修行的场所，或指僧尼、道人做法事法会等行动。

② 汾阳亲奏额：汾阳指唐代平定“安史之乱”名将郭子仪，因其曾封爵汾阳郡王故有此称；代宗大历四年（769）子仪镇守河中府，有部属报送建寺呈文，子仪随之亲奏朝廷获准，代宗并御题匾额“广胜之寺”。

③ 塔传阿育：阿育，即阿育王，古印度孔雀王朝第三代君王，公元前273年至前232年在位；阿育王早年好战，后愧疚于前半生荼毒生灵，杀戮无算，开始尊崇佛教，广修寺庙，整理经籍，被称为从“黑阿育王”时代转向“白阿育王”时代，并被佛门誉为护法名王，成为“放下屠刀，立地成佛”的典范；据载，释迦牟尼圆寂后火化，遗骨谓之佛骨，遗体结晶的无数珠状物谓之佛祖舍利，曾被八国分去建塔安奉；后阿育王发掘诸国旧塔取出舍利，分为84 000宝函广传各地，要求一函构建一塔弘扬佛法，“汉地”建塔19座，晋州所建的“霍山南塔”就是广胜寺之肇始，故有此说。

④ 螺：指螺髻，形容古代女性盘卷如螺状的发型，也用以比喻耸峙如螺髻的峰峦。

⑤ 溪分二带：广胜寺旁的霍泉，流量充沛，易于灌溉，但此地一直分属洪洞、赵城二县，霍泉发源于赵城却要流经洪洞再转回赵城，故二县为了争水千百年来不断诉讼，屡爆械斗，唐代时以“洪三赵七”将水分为两股，故谓溪分二带；但诉讼、械斗仍频频发生，清世宗雍正时遂用铁柱分隔，将分水诸情、分水图刻石立碑，并建分水亭永记，镌制楹联“分三分七，分割铁柱；水清水秀，水成银涛”，至今尚存；20世纪50年代二县合成一县，争执渐止。

40. 赵秉文：《代州书事》

赵秉文（1159—1232），金代大臣，被元代脱脱主修的《金史》中赞为“巨擘”的学者与诗人，字周臣，磁州滏阳即今河北磁县人。秉文于金世宗大定二十五年（1185）中进士，此后曾两度仕宦山西。一次是任同知岢岚军州事，金章宗承安五年（1200）去职，金卫绍王大安二年（1210）改任平定知州。平定州的前任“苛于用刑”，凡“盗贼无大小”一概棒杀，每闻赦令将至，总是先处“贼死”，然后才“拜赦”执行，结果盗贼却愈来“愈繁”。秉文则“每从宽厚”处置，晓以情理，未几月反而“盗贼屏迹”。荒年时又率先自捐“俸粟”，并力倡豪门出资“振贫”救济，“全活”百姓“甚众”。所以，奉调回朝时平定州老幼相送“恋恋不忍诀”，已出城仍“遮留之再三”才得以作别而去。

秉文“为人至诚”，后官至尚书“自奉”却始终“如寒士”，且“自幼至老未尝一日废书”不读，诗书画皆名冠一时，其诗“笔势纵放”，“壮丽”“精绝”，曾主盟诗坛数十年，当时朝廷的诏书、敕告等也多出自其人之手，但从不以“大名自居”。金哀宗正大九年（1232）蒙古军大举南侵，国人因战乱与饥饿、瘟疫死者达数十万。哀宗为了转换国运改元“开兴”，秉文奉令撰制“开兴改元”诏书，文字感人之深以致“闾巷间皆能传诵”，“洛阳人拜诏”后更是“举城痛哭”。越两月秉文即故世，又二年蒙古灭金，哀宗自缢身亡。

《代州书事》中的代州，治所在今山西代县，与秉文任同知岢岚军州事的地区非常临近，故可能就是此时所作。全诗阳刚之美跃然纸上，是充分体现其诗风的代表性篇章。

金波[①]曾醉雁门州[②]，	代州的金波美酒真教我沉醉难休，
端有人间六月秋。	果然有人间六月竟这样凉爽如秋。
万古山河雄朔部[③]，	万古河山雄视着漠北塞外，
四时风月入南楼[④]。	一年四季的风情都仿佛尽收南楼。

汉家战伐⑤云千里，	远征匈奴的汉军烟尘曾经席卷千里，
唐季英雄⑥土一丘。	唐代的此地英豪早已化作郊野的荒丘。
系马朱栏重回首，	系马楼边的红色栏杆回首眺望，
烟波谁在钓鱼舟?	迷茫的波光里是谁垂钓在逍遥的轻舟?

【注释】

① 金波：即酒，古代多为米酒即俗称之黄酒，故有金波之称；代州的金波谓之北芪黄酒，酿造历史久远，唐宋时已是知名酒品，直至近代。

② 雁门州：即代州。

③ 雄朔部：朔部，通常指塞外山西北部至内蒙古一带地区；代州境内群峰高耸绵延，还有两厢对峙“其形如门”据传大雁来去的必经之路雁门山，建有咽喉关卡雁门关屹立山口，雄峙北陲，故有此说。

④ 南楼：古代代州城南俯临滹沱河水的楼阁，据称曾是与鹳雀楼比齐的北方名楼。

⑤ 汉家战伐：指西汉时期武帝远征匈奴，曾有几次由此出兵进击，代州以北也是战伐的重要地区之一。

⑥ 唐季英雄：指唐代不少英雄出于代州一带；其开国名将、被后世奉为门神爷的尉迟恭，就是紧邻代州的朔州人，尉迟恭早年依附的豪强刘武周正是从此地起兵反隋，割据称帝；唐玄宗时郭子仪平定安禄山之乱，也曾在此作战大败叛军；唐末沙陀族藩镇将领李克用，则出生于紧邻代州的神武川新城即今山西应县，后因帮助朝廷剿灭黄巢进封晋王，其子李存勖又经多年征战灭掉后梁称帝，建立后唐；而李克用手下有十二位骁勇义子，加上李存勖谓之“十三太保”，也多为这一带人或从这一带发迹的人物。

41. 元好问：《八月并州雁》

元好问（1190—1257），金代至元代诗人，字裕之，秀容即今山西忻州人。七岁能诗，后师从名儒郝天挺六年，“淹贯经传百家”。不久蒙古军南侵，遂避居河南。礼部尚书、文坛耆老赵秉文阅其诗大为赞赏，称杜甫以来“近代无此作也”，因而“名震京师”开封。金宣宗兴定五年（1221）中举，为官10年左右金亡，从此杜绝仕进，潜心诗文，著述“至百余万言”，存诗1700多首，成为一代文坛巨匠。

元好问诗词中最为后人熟悉的，可能就是曾被无数痴男恋女引为心语的“问世间情是何物，直教生死相许”。据其记述，“乙丑岁”即金章宗太和五年（1205），好问“赴试并州”，“道逢捕雁者”言，晨“获一雁杀之”，另一“脱网者悲鸣不能去，竟自投于地而死”，好问深为哀婉，就买来葬于汾水之滨，又“累石为识，号曰雁丘”，并作《雁丘词》，即以那两句妙语开篇。接着好问写道，大雁这“天南地北双飞客”，经历过“老翅几回寒暑”，有“欢乐趣”，有“离别苦”，它们中同样“更有痴儿女”；继又模拟那自杀而死的大雁的口吻称，“君应有语”，望着这“万里层云，千山暮雪”，孤单单的我“只影为谁去”啊？随后好问再写道，大雁尸横的“汾路”边，已经“寂寞当年箫鼓”，只留下“荒烟依旧平楚”。但我欲为之“招魂”又“何嗟及”呢？因为就连“山鬼”都在为你们“暗啼风雨”，就是“天也妒”你们的“生死相许”啊！最终是，那些平凡死去的“莺儿燕子俱黄土”，而必将“千秋万古”的你们，请“留待骚人”墨客“狂歌痛饮，来访雁丘处”吧！就这样，一位16岁的“神童”才子，竟从两只大雁的悲剧中升华出一曲足可流传永恒的爱情绝唱。

完成《雁丘词》十几年后的金宣宗贞祐四年（1216），因避战乱流落河南的好问望见来自北国的雁群，思乡的苦涩、漂泊的惆怅顿然滋生，遂写就了浅显淡雅却余韵绵长的《八月并州雁》，成为其又一首格调别具的咏雁之作。

八月并州雁，	从八月的并州不断飞来阵阵雁群，
清汾照旅群。	清清的汾河水倒映着匆匆掠过的倩影。

一声惊晚笛，	一声长叫惊碎晚风吹送的箫笛，
数点入秋云。	点点残痕渐次融入了秋日的白云。
灭没①楼中见，	独立楼中望得见天边的若隐若失，
哀劳枕畔闻。	静卧枕侧仍听到那征路劳劳的哀鸣。
南来还北去，	我也是北去南来奔波颠沛，
无计得随君。	却无有些许的良策随你们腾空远行。

【注释】

① 灭没：湮没、隐没，也形容马速极快。

42. 于谦：《咏煤炭》

于谦（1398—1457），明代名臣，字廷益，浙江钱塘即今杭州人，明成祖永乐十九年（1421）进士。明宣宗登基后于谦当廷“奏对”，“音吐鸿畅”铿锵利落。是年，宣宗叔父、汉王朱高煦举兵造反，宣宗亲征山东迫降高煦，令于谦“口数其罪”。于谦“正词崭崭，声色震厉”，高煦“伏地战栗”连称“万死”，宣宗“大悦”。宣德五年（1430）亲笔御书越四五级破格提升，命33岁的于谦以兵部右侍郎巡抚山西、河南。后巡抚正式定为官爵，于谦实际就成为山西的第一任巡抚。

于谦到职后清廉勤勉，律己极严，政绩斐然。当时官场贿赂公行，于谦赴京却总是“空橐以入”，土特产都拒绝携带。并作诗明志“绢帕麻菇和线香，本资民用反为殃。清风两袖朝天去，免得闾阎话短长”。明英宗正统十一年（1446），于谦遭到诬告，下狱几乎“论死”，晋豫两省官民一再上书陈情辩冤始得复官。两年后，于谦奉召回京任兵部左侍郎。次年英宗远征瓦剌被俘，于谦辅佐英宗之弟景泰帝即位，率军保卫北京击败瓦剌，瓦剌求和放还英宗。景泰八年（1457）时，朝臣徐有贞等发动政变，迎立英宗复辟，未久于谦以“谋逆”等罪名被杀。死后查抄“家无余资”，“萧然仅书籍”而已。明宪宗成化二年（1466）于谦平反，明孝宗时谥号“肃愍”，神宗时升谥号“忠肃”。

于谦任山西、河南二省巡抚19年，所留诗文不少。这首《咏煤炭》讴歌了地方特产，借以表达自己的人生抱负。山西是著名煤炭之乡，但古代士大夫专门为之赞美者寥寥。所以，此诗实在算得上是山西乃至中华诗词宝库中鲜见的珍品。鉴于那首“粉骨碎身浑不怕，要留清白在人间”的《石灰吟》实系伪托，故只有此诗才是真正体现于谦政治理想的经典篇章。

凿开混沌[①]得乌金，	凿开沉睡的世界采得可贵的乌金，
藏蓄阳和[②]意最深。	孕蓄着光明点点饱藏着暖意融融。
爝火[③]燃回春浩浩，	微微的火苗燃回春日的和煦，
洪炉照破夜沉沉。	熊熊的洪炉照破了夜幕的深沉。

鼎彝[4]元赖生成力，	青铜的重器皆赖这样的烈焰锤锻，
铁石犹存死后心。	铁一般的石块却满怀牺牲的赤心。
但愿苍生俱饱暖，	但愿那天下苍生都能有个温饱，
不辞辛苦出山林。	你也要不辞辛苦毫无畏惧走出山林。

【注释】

① 混沌：我国古人认为盘古开天之前“天地混沌如鸡子”，世界是一种元气未分、模糊一团的状态，此处借指大地、地层内部。

② 阳和：阳气、暖气、春天的气象，此处借指煤炭的光热。

③ 爝火：炬火，也作小火。

④ 鼎彝：鼎，古代烹煮器；彝，古代酒具；鼎彝也是祭祀用具，最早皆为青铜制造，故也作为古代青铜礼器的泛称。

43. 薛瑄：《登中条山东头》

薛瑄（1389或1392—1464），明代著名思想家，文学家、理学家，字德温，山西河津人，故居南薛里今已划归万荣。薛瑄颖敏早慧，入塾过目成诵。其父为县学教官，薛瑄随其寓居河南，钻研程朱之学“至忘寝食”。明成祖永乐十八年（1420）河南乡试第一，夺得解元，次年举进士入仕。

明英宗正统元年（1436），薛瑄受任山东提学佥事掌管教育，遂以朱熹主持庐山白鹿洞书院时所制定的《白鹿洞书院学规》“开示学者”，以名训“博学之，审问之，谨思之，明辨之，笃行之”为其首要，并常“亲为讲授”，“才者乐其宽”，“不才者惮其严”，统统受益匪浅，被尊称为“薛夫子”。后升职京师又罢官归乡，但理学“造诣益邃”，前来投师问教者不断增多。正统十四年（1449）英宗亲征瓦剌被俘，其弟景泰帝即位，薛瑄应召回京。不久瓦剌围攻北京，于谦指挥抵抗，薛瑄“分守北门有功”，景泰四年（1453）出任最高司法衙门大理寺正卿。

景泰八年（1457），被瓦剌释放的英宗复辟，授薛瑄礼部右侍郎参与内阁“机务”，继因“力言于帝”反对处死于谦被降官“一等”，于是以年迈为由求退还乡。获准后大喜曰“吾道则亨也”即我的思想有望广传了，第四天便离京而去。又将毕生所上“奏疏”尽皆弃之“不存”，专心设教故里，四方前来“从学者日众”，以至旅店“不能容”，开创了影响深远的理学“河东学派”。故世后谥号“文清”，有《薛文清公全集》传世。

《登中条山东头》也名《登中条山东顶道观》，一种舒心快意与热爱家园之情闪耀在字里行间，应该是其脱离官场、回归故乡后的闲暇游憩之作。

魏国中条[1]此尽头，	曾属于古魏国的中条到此已是尽头，
登临暇日兴悠悠。	闲暇时举步登临真令人雅兴悠悠。
两崖势转黄流静，	两道宛转的山崖导引着平静的黄河水，
万壑声寒碧树秋。	万重沟壑中浓绿的树海荡开寒秋的风吼。

官舍②飞甍③临远谷，	馆阁上的飞檐指向远处的深谷，
琳宫④细路绕层丘。	道观内的小径环绕着层层土丘。
风光满目皆吾土，	看不够的美景正是我的家园，
逸气飘然总胜游。	超然物外的乡居更胜那官场的浮游。

【注释】

① 魏国中条：横亘于山西南端的中条山，西接华山，东连太行，绵延数百里走势狭长如条，因而得名，春秋末期赵、魏、韩“三卿”瓜分晋国，史称“三家分晋”，此后及至战国时期，中条山尤其是其西部一带多属魏国，故有此说。

② 官舍：官署或官员居宅，也用以称呼接待官宾贵客的馆舍，此处当指后者。

③ 甍：读作 méng，屋脊。

④ 琳宫：本义为仙宫，也用作道观、寺院、殿堂等的美称。

44. 乔宇：《题塔》

乔宇（1457—1531），明代大臣，字希大，山西乐平即今昔阳人，明宪宗成化二十年（1484）与太原王琼、和顺王云凤同时高中二甲进士，被誉为“晋中三杰”，一时显扬乡里，荣耀桑梓，传为科举盛事。

明孝宗弘治十五年（1502），乔宇升任掌管礼乐的最高衙门太常寺少卿。孝宗驾崩武宗继位后，乔宇正德元年（1506）受命“遣祀中镇、西海”并“分告于西蕃园陵镇渎”，就是代表皇上到山西霍山祭拜中镇之神，到青海湖祭拜西海之神，同时向镇守边陲田园山陵的部族头领通报新君继位。途经山西浑源县时乔宇曾游览恒山，写下了散文名篇《恒山记》，《题塔》也是此时的诗作。

正德六年（1511），乔宇官拜“留都”南京礼部尚书再转兵部尚书“参赞机务”。正德十四年（1519）封爵南昌的宁王朱宸濠造反，直逼南京，乔宇“严为警备”布防“戍守”，“谈笑自如”毫不慌张，有宦官“预伏死士”勾结宁王作乱，乔宇当机立断“大索城中”捕杀“三百人”，“悬首江上”，使宁王失去内应不敢东向，终被平息。明世宗登基后乔宇出任北京吏部尚书，未久就因上书直谏不被采纳被迫“乞休”归乡，继而彻底罢官。故世30多年才获昭雪，谥号“庄简”。

《题塔》所指之塔，即我国至今尚存最大的全木结构佛塔，俗称为“木塔”的山西应县佛宫寺释迦塔。塔建于辽代清宁二年（1056），高67.31米，底层八角平面直径30.27米。明成祖与明武宗均因征战蒙古途经此塔游览题词，成祖为“峻极神工”，武宗为“天下奇观”。而乔宇诗中居高俯视、人如蜂蚁的夸张比喻，更可谓写绝了木塔高耸入云的气势，也道尽了诸多登临者心中有、笔下无的强烈感受。

矗矗栏杆面面迎，	重重叠叠的栏杆仿佛绕着圈儿相迎，
盘空万木费支撑。	盘空勾连的万木耗费了多少支撑的苦心。
山川一览云中①胜，	云中大地的山川胜景一览无余，
烽火②遥连塞上兵。	遥远处的烽火台直通向塞外的兵营。

岁纪辽金[3]留往迹，	留存至今的古迹铭刻着辽金的记忆，
郡经秦汉[4]有威名。	历经秦汉的州郡早拥有威烈的声名。
云梯踏遍穹隆顶[5]，	踏遍了层层云梯登上这恍若天穹的塔顶，
蜂蚁纷纷下界行。	望下界乱纷纷的人流真好像蜂蚁爬行。

【注释】

① 云中：战国时赵国设云中郡，约在今内蒙古托克托到山西左云、右玉北部，南北朝北周时又置云中县，在今山西大同一带，古人也常以云中泛指雁门关外北方边陲地区。

② 烽火：此处应指传报敌情的烽火台。

③ 岁纪辽金：指塔内碑碣或留题的辽金记载。

④ 郡经秦汉：云中地区从秦汉以来就是抗击匈奴、抵御北方外敌的战略重地，故有此说。

⑤ 穹隆顶：穹隆，中间高起、周边弧形下覆之状，常喻指天空；穹隆顶，形容木塔内宏畅而逐渐斜垂的顶部。

45. 王琼：《晋溪别墅》

王琼（1459—1532），明代大臣，字德华，山西太原人，故里在今小店区。明宪宗成化二十年（1484）王琼与乔宇同中二甲进士，因智广“才高”、处世“敏练”，明武宗正德十年（1515）官拜兵部尚书。四年后南昌宁王朱宸濠造反，“举朝惴惴”，王琼则声言请“诸君勿忧”，称此前已派王阳明“提督军务”于赣州，“正为今日”之防范，不久阳明果然击败宁王平息叛乱。后来，阳明成为名垂千古的学术大师。

武宗喜逸乐多冶游，佞臣钱宁、江彬由此得势，朝中直士愤然，王琼却逢迎“厚事”二人。明世宗登基后，二人被碎尸“磔”杀，王琼坐罪“论死”，经其竭力“自辩”改判“戍边”，流放陕西绥德，长子王朝立前去侍奉。这时王琼希望在故里筑一园林待其遇赦后养老，朝立立即照办，明世宗嘉靖五年（1526）落成于晋祠附近悬瓮山侧，并以王琼别号命名晋溪园。次年，世宗“悯琼老病”恩准回乡“为民”。可是仅过了一年，就因“边警”严重只得再次起用王琼，命其全权督办“陕西三边军务”。

《晋溪别墅》应该就是此时的诗作。诗生动描绘了园林周边的美以及舒适安逸、不乏雅趣的闲居生活，似也表达了看淡世事、不欲出山的心境，却未免流露出几许踌躇满志的矫情。随后王琼遵旨出征赶赴前线，不顾古稀高龄统兵数年，屡次击败入寇外敌，招降了多个边疆异族部族，使“诸番荡平，西陲益靖”，赢得了驻地百姓的拥戴，也洗刷了个人污点，故世后获谥号“恭襄”。家族遵其遗命将晋溪园改作晋溪书院，此后直到20世纪初，历经400多年培养才俊无数。如今书院已在晋祠景区修复，为之增添了一抹翰墨沧桑的文化亮色。

家山[①]谁用买山钱？	故乡有山谁还用费什么买山的金钱？
竹坞[②]当溪亦胜缘[③]。	清溪依傍的竹林茅舍也算结尽了善缘。
菡萏[④]池通苹叶水，	碧绿的荷池连通着浮萍流散的长渠，
垂杨门俯稻花田。	垂杨轻拢的院门俯望着稻花飘香的园田。

烟霞拍塞[5]藏诗橐[6]，
鸥鹭将迎载酒船。
我已得归宁更出，
北庭[7]休勒草堂篇[8]。

烟霞刚刚注满了藏诗的袋囊，
鸥鹭已经在迎候载酒的小船。
退隐乡居的我岂愿东山再起，
荒乱的北疆写不出悠闲自在的辞篇。

【注释】

① 家山：故乡，此处有家乡山川之义。

② 竹坞：长满竹子的山坳，也代指竹屋、竹楼。

③ 胜缘：佛家语，犹言善缘。

④ 菡萏：读作 hàn dàn，古人对荷花的雅称，有时也称未开的荷花。

⑤ 拍塞：充满、充斥。

⑥ 橐：读作 tuó，一种口袋。

⑦ 北庭：原指汉代匈奴北单于的王庭，唐代又设北庭都护府掌管从甘肃到新疆天山以北一带防务，后世也以此泛称北方少数民族地区。

⑧ 草堂篇：此处借诗人杜甫典故以喻乡居之诗作；杜甫“安史之乱”时避难成都，在浣花溪畔构筑茅屋，谓之草堂，过了数年相对闲适的生活，成诗 240 多篇，后草堂废毁，晚唐诗人韦庄游宦成都时寻得其旧址予以重建，从此以后又经历代修葺保护，已成为著名的文化遗迹。

46. 石珤：《滹沱》

石珤（1464—1528），明代大臣，字邦彦，直隶藁城即今河北藁城人。明宪宗成化二十三年（1487）举进士，明武宗正德十六年（1521）拜礼部尚书。次年武宗驾崩，因其无子由近支皇族堂弟明世宗继位，石珤转任吏部尚书再兼文渊阁大学士“入参机务”。

石珤虽官居极品，但性格“刚方”，“清介端亮”，并不盲目趋附“帝言”。明世宗嘉靖三年（1524），世宗下旨拟追封其生父兴献王为先帝“皇考”，将武宗之父、真正的天子明孝宗降格为“皇伯”，不少官员认为有悖“大礼”纷纷反对，引发了所谓“大礼之议”的激烈争执。此时，世宗本望自己倚重的石珤“援以”支持，不料石珤同样“据礼”抗辩。未久，数百“廷臣”长跪于宫门“伏阙泣争”，痛哭流涕请求收回圣命。世宗劝退不听，遂严令四品以上者停俸“待罪”，以下者下狱，后又令施刑“廷杖”，惨死杖下者竟达十六七人。因此，石珤大失“帝意”，却依旧一再上书奏谏，世宗终于“大愠”，政敌也趁机攻击，指责石珤为“奸党”，迫其辞官“乞归”。世宗又令免除“一切恩典”，不准驿站迎送。于是，堂堂相国只好小车一辆装载行李孤独还乡，京师同情者无不“叹异”，称“自来宰臣”待遇未有“若珤者”。越二年故世，谥号“文隐”，明穆宗时升谥“文介”。

这首《滹沱》中所指的滹沱河，发源于山西繁峙县，又经代县、原平，从五台县与盂县间穿越太行山到达河北，汇合多条河流后由天津入海。滹沱河在山西境内300多公里，曾经养育了流域一带广大百姓，也是抵御北方边患的前沿战地，一条极具民生意义、军事价值且飘洒着无数英雄热血的壮烈的河。

往日驱车出雁门[①]，	往日里曾经驱车远出雁门，
几从渔牧到河源。	跟随着渔牧人将滹沱之源找寻。
三泉[②]戛石湍犹小，	三溪甘泉轻敲碎石流速似小，
万壑漯流[③]水正浑[④]。	千万道沟川却汇成了激浪飞迸。

势落平原通海啸，	滚落平原的声势犹如海啸，
气蒸恒岳见云屯。	扑向恒山的水雾宛若乱云升腾。
无端忽作崩城怒，	突然间又卷起城郭崩裂般的怒涛，
似为英雄洗血痕。	真像是为战死此地的英雄清洗血痕。

【注释】

① 雁门：位于今山西代县境内，有峰峦高峻、两厢耸峙“其形如门”、据云大雁南归北去必“飞出于其间”的雁门山，故以得名，也是古代兵家征战的要地，唐代起在此设关，明代时建筑砖石关城，成为据险扼守的军事重镇。

② 三泉：滹沱河源头的三条泉流；石琉撰有《滹沱河记》，称“恒山之阳有巨川焉，曰滹沱，源出代郡泰戏山下，汇为三泉，流稍延漫”，泰戏山在山西繁峙县城东北130华里处，又名武夫山、大孤山。

③ 潨流：潨，读作cóng，水流汇合之处；潨流，由小水流汇合成大水流。

④ 浑：此处指水流混合时的喷涌激溅之声。

47. 李梦阳：《出使云中作》

李梦阳（1473—1530），明代诗人，字献吉，祖籍河南扶沟，生于陕西庆阳，今已归属甘肃。据云其出生时“母梦日堕”于怀，乃起此名，明孝宗弘治五年（1492）夺陕西乡试第一，荣登解元，次年举进士。梦阳“才思雄鸷”，其诗“雄深豪丽”“纵横开阖”甚至有“神于青莲”李白之评。针对当时盛行的所谓“台阁体”，即只求形式雍容典雅且歌功颂德倾向明显的“萎靡”诗作，梦阳力倡“文必秦汉，诗必盛唐”，“卓然以复古自命”，携同状元康海与何景明等人，掀起一股意在革除现世流弊、复兴文学本真的强势新潮，被誉为“前七子”，继由李攀龙、王世贞等“后七子”一脉相承，对嗣后多年我国的诗文风格影响深远，成为中华文学史上一段醒目的记忆。

《出使云中作》的诗名，系明清学者钱谦益编选《列朝诗集》中所称，另名《秋望》或《出塞》。诗中的云中，应系山西北部长城以外广大边地的泛称。梦阳举进士后初授户部主事，后升司级官员郎中，弘治十三年（1500）曾经奉命赴陕西榆林犒赏驻军，途中经过山西。弘治十六年（1503）又奉命“饷军西夏”就是给宁夏的驻军发放粮饷，行前将妻儿安置在河南开封后再经山西北上。在宁夏，守将曾向其请教，梦阳还“指授战阵方略”，称“飞刍挽粮，立办运筹，决胜坐催强虏，边境以宁”，意即安定边陲的成功关键在于粮草后勤的调运及时，迅速保障，超过对方。鉴于诗中运用了这一典故，并从所渲染的整体情境判断，可能就是此次或是前次押运军需时，梦阳途经分隔山西、陕西的黄河北段沿长城一线的留吟。诗写得雄奇苍劲又不乏几许悲慨，是其作品中的名篇。

黄河水绕汉边墙[①]，	黄河流水半绕着汉家长城的高墙，
河上秋风雁几行。	河上的秋风里掠过了鸿雁几行。
客子[②]过壕追野马[③]，	穿越壕堑的边兵烟尘滚滚追逐演练，
将军弢箭[④]射天狼[⑤]。	箭囊满满的将军时刻准备射向豺狼。

黄尘古渡迷飞挽[6]，	古渡口的飞沙模糊了运粮送草的车船，
白月横空冷战场。	苍白的月亮斜挂在凄冷的战场。
闻道朔方[7]多勇略，	早听得节度朔方的郭子仪多勇多谋，
只今谁是郭汾阳[8]？	问今朝有谁人能够是汾阳郡王？

【注释】

① 边墙：长城的别称。

② 客子：居于异乡的人，此处指戍边军士，一说为作者自称。

③ 野马：《庄子·逍遥游》中有“野马也，尘埃也，生物之以息相吹也”，后世不少学者将其解为游气、游尘，并形成“野马尘埃”的成语，比喻易逝的事物或者不羁的性情，此处应指兵马荡起的滚动的风尘，也可能是作者带有想象色彩的实指。

④ 弢箭：弢，读作 tāo，本义为弓衣、弓袋；弢箭，装弓箭于袋囊，有整装待发之义。

⑤ 天狼：星名，我国古人天文划分中，属于二十八宿中井宿天狼星官，又将如今所称船尾星座与大犬星座的部分星宿，整体想象为一张横跨南天的巨弓，其箭头仿佛正射向天狼星官，故占星家用以预卜侵略，古人则每以“射天狼”比喻抗击外敌。

⑥ 飞挽：成语“飞刍挽粟”的略称，刍指饲草兼指饲料，粟泛指米粮，飞形容其快，挽指拉着车船，意即迅速运送粮草军需。

⑦ 朔方：多用以泛称北方，但唐代名将郭子仪“安史之乱”爆发后曾受任朔方节度使率军讨伐，再综合下句分析，此处应是指代其人。

⑧ 郭汾阳：郭子仪“安史之乱”平定后封爵汾阳郡王，故有此称。

48. 陆深：《吕梁行》

陆深（1477—1544），明代大臣、诗文名家，字子渊，南直隶松江府上海人。陆深出身耕读富庶之家，尤爱搜书购书，到晚年其书楼“江东山楼”等已积书数万卷，为我国历史上声名卓著的藏书家。如今驻有多家世界银行的上海金融中心浦东陆家嘴，就是其旧宅与祖茔所在。

明孝宗弘治十八年（1505），陆深以“二甲第一”即总榜第四高中进士，入选翰林院。明世宗嘉靖七年（1528）升至国家最高学府主官国子监祭酒，兼充为皇帝“进讲”经史的经筵讲官。越二年，转调主管教育的山西提学副使。任职仅一年多，却在代州“大阅诸生”，在忻州“试院雨中阅卷”，在繁峙“率文武诸生较射”，在“盂县试诸生”，在平定观摩“高岭书院”，到昔阳拜访古稀前辈乔宇，跑了许多州县，还完成了专记三晋世情风物的札记《河汾燕闲录》，留有数十篇诗作，不失为一位恪尽职守的官员。

这首《吕梁行》作于某次舟行之际，具体何处未详。诗表现的是，汹涌澎湃的大黄河，惊涛骇浪、狂澜咆哮中所展示的磅礴雄浑与奇伟壮丽。令人荡气回肠的豪放写景，又夹带着简单议理，再以略显婉约的情调收结，是其山西诗作中最有气势也最为精彩的一篇。

陆深毕生治学不辍，勤奋笔耕，诗文书画都极为出色。且每官“一地”则必成书“一集”，在明代官员中可谓首屈一指。嘉靖十六年（1537）召为太常卿兼侍读学士，继任承担太子、亲王教育等事务的詹事府詹事。晚年在故居筑“后乐园”养老，“土岗数里宛转有情，俨然如山”，乃自号俨山。著有《俨山集》100 卷等大量著述留存，故世后谥号“文裕”。

君不见吕梁[①]之水天下奇，	君不见吕梁之水真是天下最奇，
奔腾轰𬈭[②]无停时。	奔腾咆哮从来就没有个停息。
飞冰走雪耀日色，	仿佛冰飞雪洒中跳荡着太阳的光华，
龙吟鲸吼啼蛟螭[③]。	宛若龙吟鲸吼还搅和着狂蛟的长嘶。

恍如鳌足④昨夜折，	又像那撑天巨鳌的大足夜半断折，
银河倒倾忙骤驰。	劈空倾泻的银河赛似乱马急驰。
又如天鼓⑤落下界，	或如同雷霆般的天鼓滚落下界，
神丁六甲⑥相追随。	还伴有一群神兵神将呐喊跟随。
舟人伏枕不敢睡，	舟中人紧贴枕头未敢合眼，
稚子未解惊满颐。	懵懂的孩子也挂着满脸惊惧。
黄河源自星宿海⑦，	黄河的源头来自星宿海，
千里万里归天池⑧。	千里万里涌入了遥远的天池。
蓄受既富发泄盛，	吸纳了丰富贮积才能有强势迸发，
俯视此理良无疑。	俯望着眼前的磅礴更深感此理无疑。
不信请看田道间，	若不信再瞅瞅这田间道边，
夜来春雨今朝泥。	昨夜的春雨已化作了遍野的晨泥。

【注释】

① 吕梁：泛指吕梁山一带，黄河从其西侧流过。

② 漷：漷，读作 huò，波涛冲击的声响。

③ 蛟螭：螭，读作 chī，我国古代传说中的无角龙；蛟螭，犹言蛟龙，古代传说中能够翻江倒海、兴洪发水的龙。

④ 鳌足：我国神话中女娲补天作为巨柱撑天的大龟四足；据称“往古之时”曾“四极废，九州裂”天倾地陷，导致“火爁焱而不灭，水浩洋而不息，猛兽食颛民，鸷鸟攫老弱”，总之是各种各样的灾害极其严重，女娲遂“炼五色石以补苍天，断鳌足以立四极”，终于将天撑住，又熄火止水除掉吃人禽兽，拯救了世间苍生。

⑤ 天鼓：天神所击之鼓，我国古籍中有“雷曰天鼓”的说法，或称“干雷”，即俗谓之干打雷。

⑥ 神丁六甲：我国古代神话与道教中均有六丁神、六甲神之称，道教认为这些神灵受真武大帝役使能“行风雷，制鬼神”。

⑦ 星宿海：我国古人认为的黄河源头，因拥有无数湖沼得名，位于青海玛多县境，现代科学考定的黄河源头则是卡日曲、约古宗列几处。

⑧ 天池：此处指海。

49. 杨慎：《临晋道中》

杨慎（1488—1559），明代学者、诗人，字用修，号升庵，四川新都即今成都人。明武宗正德六年（1511）状元，授翰林学士、御前经筵讲官，可谓鹏程无量。但其风骨刚直，多次不顾安危指责天子过失，终于招致命运的巨大逆折。

正德十六年（1521）武宗故世无子，经廷臣策划迎立近支皇族、武宗堂弟继位为明世宗。按原定“大礼”程序，世宗应以武宗之父明孝宗继子身份承嗣，尊孝宗为生父“皇考”，改称其真正生父已故兴献王为“皇叔”。性格倔强的世宗坚决反对，执意要追封兴献王为先帝“皇考”，将孝宗降为“皇伯”，从而爆发了所谓“大礼之议”的激烈争执。杨慎带头而起，与200多位官员聚集宫门长跪“力谏”，世宗劝退不听，令拘留“首事八人”，杨慎等更“撼门大哭，声彻殿庭”，世宗震怒，再令逮捕多人，“悉下诏狱”严刑“廷杖”，10天之内杨慎两次被杖打屁股“几至毙命”，随后立即发配云南。杨慎“扶病”前行，到达“戍所”已奄奄一息。世宗对这位状元则衔恨之极，直至老死边陲均不准赦免归乡。

然而，30多年远离宦海，却更使杨慎潜心读书，勉力笔耕，完成了两千多首诗词与涉及广泛学科的洋洋“百余种”论述，有《升庵集》等传世，成为明代“记诵之博，著作之富”的第一巨子。那首久唱不衰的《三国演义》开篇曲“滚滚长江东逝水，浪花淘尽英雄。是非成败转头空。青山依旧在，几度夕阳红。白发渔樵江渚上，惯看秋月春风。一壶浊酒喜相逢。古今多少事，都付笑谈中”，就是杨慎栖身云南的大作。

杨慎发配之前，曾数次由北京经山西过黄河前往故乡四川，最风光的一次是世宗刚继位的嘉靖元年（1522）奉命祭祀长江源头“江渎神”与巴蜀藩王“陵寝”，《临晋道中》可能就是这次官差途中的赶路记事。临晋系山西古代名县，后与猗氏合并为临猗县至今。

茅店昏烟集，	茅店里升起了灰蒙蒙的烟霾，
榆乡燎火[①]开。	乡村边点燃的火炬迅急排开。

宵征[2]何太急，	迎着夜色启程官差何以如此匆促，
瞑望忽相催。	昏暗的征途正在前方急切等待。
月树群鸦散，	月光笼罩的树丛群鸦惊散，
霜桥列骑回。	落霜依稀的桥头成队骑士一路奔来。
解城[3]闻漏点[4]，	解州城的声声更鼓已经听到，
星宿满梅台。	闪烁的星斗仍缀满锦缎般的天台。

【注释】

① 燎火：延续燃烧的火，也用以称火炬。

② 宵征：夜行，兼有官差奔忙之义。

③ 解城：即解州城，故址在今山西运城解州镇，距临晋很近。

④ 漏点：漏鼓的鼓点声，古代打更报时的更鼓也称漏鼓。

50. 苏祐：《太原怀古》

苏祐（约1493—1573），明代大臣、守边将领，字允吉，蒙古族人，先世落籍濮州即今河南范县一带。明世宗嘉靖五年（1526）举进士，嘉靖十二年（1533）奉旨以监察御史“巡按”军事重镇宣化、大同。恰在此时大同发生兵变，软禁巡抚，杀死总兵，又因贸然高压导致叛乱升级，官军大败。后来，苏祐与继任巡抚采取分化瓦解、招纳安抚等策略，终于平定，由此朝野知名。

嘉靖二十六年（1547）苏祐出任山西巡抚，越两年入京授兵部右侍郎。未及一年蒙古土默特部俺答汗重兵侵犯，大同守将死难，朝廷震惊，遂紧急下诏苏祐代行大同总督事。苏祐受命后以其子为护卫，父子单车赶路直驱前线，迅即调防，部署抵抗，稳住了局势，不久论功实授大同总督。

俺答汗发动战争有一明确的诉求，就是迫使明王朝开放边境封锁，进行贸易，换取蒙古地区缺乏的中原商品。鉴于此，苏祐上书力主设立“马市”，双方平等互利交流物资，未久获批实施。俺答汗奉表谢恩，关系大为缓和，可仅仅一年朝廷又令关闭“马市”。俺答汗怀恨不已，挥军10万多路杀来，京师一日数惊。苏祐只得分兵邀击，并自率铁骑疾驰防卫要道予以阻截，经连日苦战终于将其逼出长城，论功进阶兵部尚书。

苏祐戎马一生，但勤于著述，诗词尤其出名。山西是其建功立业的主要地区，也留有不少作品。这首《太原怀古》讴歌了春秋时期太原居民的一次群体壮举，颂扬了一位太原义士的侠骨忠心，表达了对于历经沧桑的太原名胜、流淌着英雄血脉然而一再承受离乱之苦的太原古城的敬畏与叹惋。写得深沉厚重又不乏绰约风姿，在无数赞美太原的篇章中算得上是一首难得的佳作。

独上山城思寂寥，	独自登上了山城的城楼思绪空寂缥缈，
英雄千古恨难销。	有多少远逝的英雄曾在此遗恨难消。
鸣蛙尚产居民灶①，	抗击水攻的坚守竟使闹蛙繁衍灶台，
惊马空留义士桥②。	桥底潜刺的义士又惊得仇家的马匹奔逃。

齐洞③僧归云冉冉，	北齐的佛洞边冉冉祥云伴随僧侣归来，
汉宫④人去雨潇潇。	昔人已去的汉代废宫却只见微雨潇潇。
堪怜此地多离乱，	最感叹这方大地经受过频发的离乱，
莫向明时⑤负酒瓢。	更不能辜负当今的天下清平诗酒逍遥。

【注释】

① 鸣蛙尚产居民灶：青蛙繁殖于灶台，为春秋末期晋国一段往事；当时晋国卿大夫家族经多年互相兼并，只剩下智、韩、魏、赵四家，智氏又超越赵氏势力升为最强；晋出公二十年（前455），智氏首脑智伯因索要土地遭拒，遂强胁韩、魏一道攻击赵氏，赵氏不敌，首脑赵襄子率众退逃晋阳；智伯久攻不下，于是引汾水“灌之”，晋阳城只差“三版”即六尺就被彻底淹没，城中困难到上树“巢居”吊锅“而炊”，乃至“沈灶产鼃”也即蟾蜍都跑到灶台繁殖，甚至“易子而食”但却“民无叛意”；后襄子派人“潜出”游说，策动韩、魏倒戈，联手反攻偷袭，将汾水倒灌智伯军营，乘乱攻击，杀掉智伯“尽灭智氏之族”；从此后赵、韩、魏三卿鼎立，最终瓜分了晋国，我国历史进入战国时代。

② 惊马空留义士桥：义士桥即豫让桥，遗址在今太原晋祠附近赤桥村；智伯被杀后其家臣豫让决计复仇，先装作劳奴“挟匕首”混入赵襄子府邸行刺但被识破，襄子认为算个“义人”免罪“释去”，豫让并未罢休，又“漆身为厉，吞炭为哑”，彻底改容改音后再次潜伏桥下行刺，因襄子马惊又被抓获；豫让作过晋国范氏、中行氏家臣，故襄子问，二氏被智伯消灭你“不为报仇”反而“委质”侍奉，为何智伯被杀却“报仇之深”呢？豫让回答，二氏待我如“众人”我也以“众人报之”，智伯礼遇我如“国士”我即以“国士报之”，襄子听罢竟“叹息而泣”；这时豫让提出“愿请君之衣而击之”“以致报仇之意”，襄子竟真的将衣服递了过去，豫让“拔剑三跃”在上面狠砍三刀，而后自杀于桥头。

③ 齐洞：应指南北朝北齐时建于太原西山的童子寺、开化寺。

④ 汉宫：指西汉旧宫故址；汉高祖刘邦登基后，立其子刘恒为代王“都晋阳”，后刘恒入继皇位即汉文帝，又立其子刘参为太原王，均建有宫阙。

⑤ 明时：政治清明之时，古人常用以称颂本朝。

51. 谢榛：《董卓垒》

谢榛（1495—1575），明代诗人、诗学论家，字茂秦，号四溟山人，山东临清人。据云其“眇一目”是个独眼龙，但文才非凡，少年成名。中年寓居彰德即今河南安阳，得皇族康王朱厚煜赏识，纳为清客。继又浪迹四方，与官绅士庶以至三教九流均有交往。其诗“气逸调高”，也通音律善填词，所撰《四溟诗话》已成为我国诗词研究的精华论著。明世宗嘉靖四十二年（1563）谢榛应邀赴晋并游访各地，居四五年离去，留诗500多首集为《适晋稿》，成为古今外籍诗家咏晋之冠，《董卓垒》即其中之一。诗意象浅显，叙写平实，或许不算出色，却记述了一处今日山西已少有人知但却意义独特的历史遗踪。

董卓是东汉末年豪雄，曾因功获受“玺书”拜官并州刺史、河东太守，驻军太原。汉灵帝中平元年（184）黄巾起义爆发，董卓奉命东下讨伐，曾于太行山中段的险要高地修筑营垒，派兵守备，即为董卓垒，故址在今山西平定县娘子关西的董寨村。后来董卓坐大，把持国政，废立天子，祸乱朝纲，残害无辜，最终被尚书令王允策反成功，所谓义子的亲信将领吕布将董卓诛杀，还被《三国演义》编成了一段董卓、吕布与貂蝉两男一女爱恨情仇的生动故事。

明神宗万历元年（1573），78岁的谢榛再赴彰德，仍受到康王后嗣穆王的厚待。饮宴时穆王命乐妓“贾姬独奏琵琶”，贾姬“光华射人，藉地而坐”，所奏皆“榛所制竹枝词也”。谢榛称，此均早年“鄙俚之辞”不足取，请“更制”重作，次日晨即写就“新词十四阕”。贾姬“按而谱之，不失毫发”，穆王遂将贾姬“盛礼”馈送谢榛。两年后谢榛故世，贾姬悲伤守灵，“每夜操琵琶”奏谢榛词一曲“必恸绝而罢”，后断然“自破乐器”隐身里巷不出，传为知音佳话。

石艾[①]郭[②]东路，	踏上了石艾城外东去的路，
行行[③]薄暮天。	走着走着走着间天已傍晚。
农桑晋甸服[④]，	曾经是古晋国的京畿王土农桑要地，
文轨[⑤]汉山川。	大一统的时代也从来是汉家山川。

涧水风犹咽，	掠过溪流的野风宛似低哭，
林花火似燃。	林中的花丛恍如燃烧的火焰。
空余董卓垒，	空留下这样个董卓的旧垒，
不使后人怜。	真不会让后人有多少爱怜。

【注释】

① 石艾：平定县古称，也称广阳，宋太宗太平兴国四年（979）御驾亲征进攻北汉割据政权时被收复，更名平定。

② 郭：城墙外围起的墙，即外城。

③ 行行：此处应读作 xíng xíng，不停地前行。

④ 晋甸服：晋指春秋时期的晋国，西周初年分封诸侯，晋国的始祖叔虞受封立国建都的唐地，古代有太原之说；甸服，指王都附近方圆五百里的区域，天子亲治的“畿内之地”。

⑤ 文轨：指文字以及车轨，即车子两轮之间的尺距；我国古代很早即以“车同轨，书同文”为标志形容天下一统，也引申代指疆域；不过，只有到秦始皇统一文字与度量衡之后这些才基本实现。

52．毛恺：《谒解州帝庙》

毛恺（1506—1570），明代大臣，字达和，浙江江山人。据说，此地毛氏还是湖南湘潭毛氏先祖。明世宗嘉靖十四年（1535）毛恺举进士入仕，为官清廉正直，执法严明。嘉靖二十八年（1549）升知府，再调升山西成为行政副职布政使司参政。明穆宗隆庆二年（1568）官至刑部尚书，故世后谥号“端简”。

《谒解州帝庙》应系毛恺任职山西时的诗作，所拜谒的就是三国名将关羽故乡的关帝庙，在今运城解州镇常平村。汉献帝建安二十四年（219）关羽败于东吴大将吕蒙，丢失荆州，又被斩杀。以当时名将排行未必拔尖，但后世渐被神化，开始立庙供奉，解州庙始建于隋文帝开皇九年（589）。宋代时关羽崇拜获得官方推动，解州庙规模扩大。因宋徽宗封关羽为崇宁真君、义勇武安王，故称崇宁宫。宋高宗时又封为壮缪义勇武安王，孝宗时加封为壮缪义勇武安英济王。明代时关羽崇拜越发升级，官祭渐成定例，神宗时晋封为三界伏魔大帝神威远镇天尊关圣帝君，还有协天护国忠义帝、协天大帝之称，关帝庙其名从此叫响，解州庙的建筑规模也达到鼎盛。到清代关羽封号继续添加，光绪帝时增至“忠义神武灵佑仁勇威显护国保民精诚绥靖翊赞宣德关圣大帝”26字，关羽已与“文圣”孔子对列，升格为中华民族的“武圣”图腾。解州关帝庙也蒙康熙帝御书“义炳乾坤”、咸丰帝御书“万世人极”匾额，还有慈禧太后的赐题“威灵震叠”等荣耀，成为独占鳌头的天下“武庙”之最。

不过，解州关帝庙曾几毁几修，现存建筑多为晚清后重建。从毛恺诗中可知，明代的关帝庙殿堂巍峨，台阶层叠，而其诗则写景雄健，抒情豪迈，不愧是一篇阳刚之气凛然的杰作。

将军遗庙倚巑岏①，	将军的遗庙倚靠着高耸的峰峦，
涑水条山②自郁盘③。	拱卫周遭的涑水条山交错盘连。
隐隐云霾屯虎豹，	隐隐的云雾中似有虎豹潜伏，
巍巍殿陛④肃衣冠。	恭登巍峨的殿宇急忙肃正衣冠。

孤忠佐汉心如昨，	辅佐着刘备的蜀汉孤忠永在，
遗恨吞吴[⑤]泪未干。	却遗恨吞吴的失策死泪难干。
谒罢威灵重回首，	拜罢了关圣的威灵回首再望，
冷风萧瑟剑先寒。	萧瑟的冷风里刀剑已亮开犀利的光寒。

【注释】

① 巑岏：读作 cuán wán，高峻耸峙貌，多指这样的山峰。

② 涑水条山：涑水指流经山西运城境内的涑水河，系黄河支流；条山指中条山，绵延数百里横亘山西南端，走势如条，因而得名；涑水河有一段即沿着中条山流过，解州关帝庙则坐北朝南，面向着中条山。

③ 郁盘：曲折错落，纵横盘结。

④ 陛：上升的台阶，多特指宫殿庙堂的台阶。

⑤ 遗恨吞吴：引自杜甫诗作“功盖三分国，名成八阵图。江流石不转，遗恨失吞吴”，所涉及的是三国一段历史；汉献帝建安二十四年（219）东吴大将吕蒙夺取荆州，斩杀关羽，次年曹丕篡汉称帝，再次年刘备称帝成都，随即以替关羽复仇之由贸然讨伐东吴，前来合兵作战的张飞又在途中死于部下之手，结果“吞吴”未成，反被东吴将领陆逊“火烧连营”彻底击败，成为遗恨。

53．李攀龙：《登黄榆马陵 诸山是太行绝顶处》

李攀龙（1514—1570），明代诗人，字于鳞，号沧溟，山东历城即今济南人。九岁失父，家境贫寒，但“自奋于学”考取了县学廪生，可从国家仓廪领取食粮读书，后夺得山东省试第二名，又于明世宗嘉靖二十三年（1544）举进士，供职刑部，并加入了刑部诗友的一个诗社，继而“为之魁”成为社首。

攀龙“才思劲鸷”，却特别尊崇故世10多年的“前七子”领袖李梦阳，竭力弘扬梦阳“文必秦汉，诗必盛唐”的主张，贬斥趋炎附势的虚浮诗风，维护文学的本真与独立，诗友“翕然”随从“和之”。而且，几位多系青年进士，“才高气锐”，“互相标榜”，“视当世”如“无人”，故很快“名播天下”，形成了被称为“后七子”的文坛新流派。

嘉靖三十二年（1553），攀龙外放顺德即今河北邢台出任知府，三年后升为陕西提学副使管理教育。《登黄榆马陵 诸山是太行绝顶处》是其任知府的次年所作。黄榆即黄榆岭，马陵即黄榆岭北的马岭，分别位于山西和顺、昔阳县与邢台接壤的太行山巅。从诗作可以想象，某次视察途中攀龙登上二岭，伫立于几与天齐的绝顶，游走在两省交界的峰尖险道，广阔无际的壮美山川，秋色衬映的萧瑟景观，尽在望中，皆收脚下，纵情饱览，思绪迸放，从而赋就了这篇豪兴勃发、气势恢宏的力作。

攀龙著述颇丰，诗文由挚友王世贞辑为《沧溟先生集》30卷。其所编之《古今诗删》，选诗独具特色。后又从中摘出《唐诗选》一册，作为童蒙教本曾远超《唐诗三百首》，并且传入日本成为继白居易以来最受追捧的汉诗读物。但也有此书系他人割取攀龙选诗中的唐诗，托名而编之说。

千峰郡阁①望嵯峨，
此日褰帷②按塞过③。
落木悲风鸿雁下，
白云秋色太行多。

官楼上曾几次远望千峰雄峭巍峨，
今日里躬身察访又将关塞挨个儿走过。
悲风落叶频催着鸿雁匆匆南下，
秋色萧森的太行白云是越看越多。

山连大陆蟠三晋，
水划中原散九河。
回首蓟门[4]高杀气，
羽林[5]诸将正横戈[6]。

群山连接着平阔的陆地环护三晋，
划破中原的大黄河散开了条条子河。
回首处北国的蓟门杀气高昂，
英勇奋战的精兵猛将正在浴血拼搏。

【注释】

① 郡阁：州郡地方官所在官衙的楼阁，也兼指其公署府院。

② 褰帷：掀起垂封的帷幔，表示官员应敞开阻隔，掌握实情；东汉末年屡遭战乱，各地问题极多，有“清能吏”贾琮出任冀州刺史，按“旧典”车驾到达后须垂下“赤帷”，等候众官“迎于州界”，贾琮却声言刺史应“远视广听，纠察美恶”，怎能“垂帷”而“掩塞”自己，乃令御者立即“褰之”即掀起帷幔；继而，贪赃枉法之流均皆感到“竦震”，纷纷“解印”逃遁。

③ 按塞过：按塞，巡视要塞，有的版本为“接塞过”，故可解为逐塞走过。

④ 蓟门：原指蓟门关，唐代起以关名置蓟州，位于今北京之东的天津蓟县，明代时为护卫北京的边防重镇，在此以及左近曾经与外敌发生过多次战斗。

⑤ 羽林：即羽林军，始名于汉武帝所建守护宫廷的羽林骑，取义“为国羽翼，如林之盛”，多以本领出众的高门子弟组成，后世成为皇室禁卫军的通称，也用以赞美精锐之师。

⑥ 横戈：代指战斗，此处所指或系明世宗嘉靖三十三年（1554）也即诗作之年，蓟辽总督杨博率军击退蒙古把都儿、打来孙部进犯的长城之战。

54. 王世贞：《娘子关飞泉》

王世贞（1526—1590），明代大臣、学者、诗人，字元美，号弇州山人，南直隶太仓即今江苏太仓人，“生有异禀”，“书过目终身不忘”，明世宗嘉靖二十六年（1547）举进士，供职刑部，与李攀龙结为诗友，成为“后七子”中的主将。后来，身为蓟辽总督的其父战事失职，论罪当死。世贞与弟“蒲伏”内阁首辅严嵩门下“涕泣”求宽，还自穿“囚服”跪拜“诸贵人”哀告“乞救”，可父亲仍被处斩。故世贞积怨严嵩甚深，后遂借撰《嘉靖以来首辅传》之机极力扬恶隐善，对造就其人的负面形象产生了巨大作用。

明穆宗隆庆三年（1569），世贞由浙江参政即行政副手奉调山西，出任监察主官按察使。次年夏历七月莅职太原，其间留诗多首。十月母亲病危，告假请归，未久母亲亡故，奔丧而去。《娘子关飞泉》原名较长，为《娘子关有泉穿大壑下、势雄甚、味洌而甘、冱冬不冰、居人赖之》。娘子关位于山西平定县的太行山中侧，据传唐高祖李渊之女、平阳昭公主曾经率兵驻守，遂有此称。关城附近的山崖有无数泉眼涌出，汇成了直下三四十米的瀑布，非常壮观，因此也名飞泉。

世贞晚年官拜尚书，诗文与学术建树均极辉煌，有《弇州山人四部稿》等大著数百卷。而且，作为“文盟”魁首20余年，“声华意气笼盖海内”，“士大夫及山人、词客、衲子、羽流”无不“奔走门下”，得其“片言褒赏”则“声价骤起”。李时珍的《本草纲目》编定后无人理睬，就拜访世贞求序，延置10年始写成，但很快引起书商重视，使几近湮灭的药学宝典终于刊刻传世。就连那部署名为兰陵笑笑生的艳情小说《金瓶梅》，也有世贞所撰之说。

飞泉中泻九关①开，	飞流奔泻仿佛就这样将九关冲开，
朔气偏②催万壑雷。	沟壑间森森的寒气搅动着万千风雷。
喷玉高从西极下，	喷溅的玉珠打从太空高高落下，
擘③崖雄自巨灵④来。	劈破危崖的雄奇恐只有巨灵做来。

地输神瀵[5]为汤沐[6]，	福地涌出的神泉泽惠乡里，
石拂钧天[7]奏帝台。	摩天的巨石都像在奏拜帝台。
若语会心翻自笑，	想说点什么也仅可会心自笑，
羽书[8]初过黑龙堆[9]。	急催的官书已经传过了黑龙堆。

【注释】

① 九关：娘子关有天下第九关之称，具体来历说法不一。

② 偏：此处可作遍解。

③ 擘：裂开、破开。

④ 巨灵：我国神话中劈开华山的大力神。

⑤ 神瀵：瀵，读作 fèn；神瀵，从传说的终北国仙山壶领山上涌出来的神水，其香过于“兰椒”，味则过于“醪醴”。

⑥ 汤沐：汤，是古人对于温热之水的称谓；汤沐，有消受润泽、恩惠之义，娘子关泉水世世代代为当地民生造福极深，故以此为喻。

⑦ 钧天：天的中央，也指天帝居处。

⑧ 羽书：古代插有鸟羽表示须紧急递送的文书。

⑨ 黑龙堆：或为虚拟地名；王世贞奉调山西本不想来，曾“上疏引病乞休”，但上司“不允”一再催其出发，拖了数月才无奈启行，入山西后，在沁州深山遭遇大雨，山洪暴涨，路险难行，艰危之极，曾自嘲“奈何以六尺狗一官也”，到达任所已经误期，诗最后两句表达的可能就是这种一言难尽、无话可说的心情。

55. 崔镛：《偏头关》

崔镛（1530—?），明代官员，字汝洪，陕西葭州即今佳县人。明世宗嘉靖四十一年（1562）举进士，授山西按察佥事，分掌阳和即今阳高县一带，再升山西按察副使。明穆宗隆庆四年（1570），蒙古俺答汗的孙子把汉那吉前来投奔，总督北疆诸镇军务的王崇古上奏朝廷，力主厚待把汉那吉，以此为契机化解困扰多年的边境敌对，最终与俺答汗谈判成功，双方订立“互市”贸易等多款协议，史称“隆庆议和”，赢来了数十年的和平。崔镛也是处理这一事件的重要参与者，后升山西巡抚并提督长城一线雁门诸关军务，晋封昭武将军。

这首《偏头关》中所言之关，即崔镛提督的雁门诸关之一。偏头关位于山西最西北黄河的东畔，据云因“地形东仰西伏，似人首之偏隆”而得名，明太祖洪武二十三年（1390）修筑关城。后来，除了位于今山西、内蒙古交界一线的外长城，又从偏头关起到北京居庸关止，在山西、河北境内建起第二道防线内长城。于是，偏头关与内长城山西段的宁武关、雁门关就通称“外三关”，居庸关与内长城河北段的紫荆关、倒马关就并称“内三关”。明代为抵御蒙古所设“九边”重镇之一的山西镇，负责守卫的就是“外三关”一线。而偏头关恰处于内外长城的交会之地，战略意义非同小可，故又以其为中心沿长城建起了20多处堡寨，扼守冲要，彼此策应，形成非常完备的防御工程。到清代偏头关地区战火停息，遂于世宗雍正十三年（1735）改为偏关县至今。

从此诗可以看出，当时的偏头关城及其周围，兵民众多，人烟辐辏，颇具规模。全诗也描述了刻刻警惕的边事，粮草保障的艰难，同时表达了纵然远在荒陲却也未敢倦怠丝毫的职责信念。

半壁孤城水一湾，	孤城的半壁斜倚着流水一湾，
万家烟火护偏关。	兵民万家的烟火守卫着偏头雄关。
黄河曲曲涛西下，	黄河的波涛曲曲折折奔腾西下，
紫塞[①]隆隆[②]障北环。	座座居高的堡寨环护于北疆前沿。

铁笛数声催戍急，	数声铁笛似在紧催着戍边壮士，
玉沙千里叹储艰。	白沙千里的军需储运却最叹艰难。
荒陬③斗绝今如此，	偏远荒僻凶险卓绝已然如此，
未许将军即解颜。	坐镇的将军未敢有片刻稍展笑颜。

【注释】

① 紫塞：北方的边塞，也指长城；据载“秦筑长城，土色皆紫，汉塞亦然，故称紫塞焉”。

② 隆隆：此处是形容一个个立起的紫塞高大而坚实，不能作隆隆声解。

③ 陬：读作 zōu，本义为山之角落，也指边远偏僻的地方。

56. 李溥：《登永祚塔》

李溥，明代官员，生卒年与籍贯不详。其人或许曾在山西做官，或许到过山西，或许就是晋人，史迹记载寥寥，但所作《登永祚塔》，却成为赞颂太原标志性古建的最早也可谓最好的诗篇。

永祚塔即民间俗称之“双塔”，位于太原古城东南。其中一塔约建于明神宗万历二十五年（1597）至三十年（1602）间，据云是为了补辅太原“文运”不足而修筑的文峰塔，配套小寺谓之永明寺。万历三十五年（1607），朱氏皇族驻藩太原的晋王朱敏淳以其过简，遂请五台山高僧福登和尚统理扩建。及至万历四十年（1612），于旧塔左厢60米处筑成新塔，并建起大雄宝殿等几座殿宇。两塔均定名宣文塔，寺也更名永祚寺，形成了“楼阁巍然”“两峰插天”的雄伟气势。

宣文塔扩建的主要捐银者，相传就是明神宗的生母李太后。据云李氏原籍山西翼城，出身贫寒，父亲携家迁往京师附近的通州谋生。后李氏入为裕王府侍女，得宠生子。明世宗驾崩后因太子已殁，裕王继位为明穆宗，在位六年辞世，其子10岁登基为明神宗，李氏封为太后。李太后“性严明”，“教帝颇严”，“帝或不读书”或有“其过”即“招帝长跪”，“帝涕泣请改”乃止。太后还曾积极支持内阁首辅张居正变革，推行“万历新政”，野史中甚至有二人彼此爱慕的所谓“黑心宰相卧龙床”传闻。太后晚年“好佛”，“京师内外多置梵刹”，晋王的扩建之举或应与此有关。塔之命名，可能就是兼取太后尊号“慈圣宣文明肃贞寿端献恭熹皇太后”中的“宣文”二字以示崇敬，寺名“永祚”似也有为年过花甲的太后祈福祈寿的意味。此后数百年永祚“双塔”历经沧桑却屹立未倒，如今已绘入太原市徽，成为古城浑厚的名片、亮丽的标志。

三晋楼城俯首看，	三晋的楼城尽可以低头观看，
一声长啸倚栏杆。	放开嗓子吼一声再斜倚栏杆。
振衣绝顶青云湿，	绝顶处整整衣衫抖落青云的潮湿，
酌酒危峰白日寒。	对酒危峰披拂着白日的幽寒。

矗矗[1]苍龙擎宇宙，
绵绵紫气[2]发林峦。
我来欲把星辰摘，
到此方觉世界宽。

仿佛矗立的苍龙托起了茫茫天宇，
绵延的瑞气升腾在林木繁茂的山峦。
我来时原曾想摘几颗星斗，
到此间才觉悟世界的辽远无边。

【注释】

① 矗矗：高耸与重叠之状。

② 紫气：紫色的霞霭，祥瑞之气。

57. 刘子诚：《壶口》

刘子诚（1555—1634），明代官员，字淑贞，陕西宜川人。幼年时即善记诵，于“坟籍”即古代典籍鲜有“不窥”，及长入读国子监，继因精通经学而被授官湖广训导，教习弟子“以不欺为本”，“立行艺”即品德、学业“二格”，“有一善者记之行，勤诵读者记之艺”，颇获好评，受到时任湖广提学副使的书画大家董其昌赏识而被聘为幕僚。据云子诚“生平雅度过人”，“宠辱不惊”，“所到之处皆有治绩”，后由县令升任横州知州，在今广西横县。其人曾经“持节定交阯之难”，就是奉朝廷之命仗节出发，平定了发生在今日越南北部的事变，晚年归休，寓居长安。

这首《壶口》是子诚传世的代表性诗作，也是古人描写壶口的作者知名度颇高的诗作。壶口是山西吉县与陕西宜川之间的著名瀑布，汹涌澎湃的黄河滚滚而来，在这里宽阔平旷的河床骤然收缩，排山倒海的巨浪只能争相夺路直泻而下，宛若巨壶注水一般落入一道仅只二三十米的逼窄的深谷，以致飞流激溅，惊涛怒吼，狂澜咆哮，如雷霆震荡，似万马嘶鸣，时而还有白雾腾空，彩虹闪耀，形成了雄浑壮丽、撼人心魄的奇绝景观。那无与伦比的磅礴，那令人荡气回肠的豪迈，某种意义上已经升华为一尊凛然的图腾，定格为中华民族千古不朽的国魂的象征。

西出昆仑东入瀛[1]，	从莽莽的昆仑西来奔流入海一路向东，
悬流喷壁泻瑶琼[2]。	绝壁紧锁的悬流只能像倒泻的玉花飞喷。
涌来万岛排空势，	汹涌澎湃的波涛挤压成排山倒海的磅礴，
卷作千雷震地声。	惊天动地的咆哮席卷起万钧雷霆。
映日红霞浮瑞马，	映日的霞彩宛如飘浮在祥云瑞霭的骏马，
满天风雨起神鲸。	凌空激溅的风雨仿佛扶摇而上的神鲸。
奔腾今古宣元气，	奔腾千古炫耀着雄浑的中华国气，
圣主当阳[3]正待清。	幸如今圣主当朝且等待黄河的澄清。

【注释】

① 瀛：海，此处应指我国黄海，是明代黄河的入海处，清代咸丰年间改道流入渤海。

② 瑶琼：泛指美玉美石，也喻指冰雪、水花。

③ 圣主当阳：圣明天子面南向阳而座，多用以形容治世，古代有所谓“圣人出，黄河清”之说。

58．袁继咸：《题祁邑察院壁》

袁继咸（1593—1646），明末义士，字季通，江西宜春人。明熹宗天启五年（1625）进士，明思宗崇祯七年（1634）授山西提学佥事管理教育。其间，整顿省学三立书院，扩充生员，资助寒素，深获士林好评。但仅两年，就因请托“不应”得罪了巡按御史张孙振，而被诬逮捕下狱。三立书院书生大哗，傅山等百余弟子追随至京，“三上书”陈辩“不得达”，遂广书“揭贴”四处散发，又到皇宫前“伏阙诉冤”，一时震惊朝野，引来上千人士的联名支持。继咸也将孙振的请托文字与“赃贿数事”供出，终获昭雪，转调湖广参议“分守武昌”。后继咸曾邀傅山赴武昌“同游黄鹤之胜”，碍因社会混乱未能成行。

崇祯十五年（1642），继咸受命以兵部侍郎驻节九江总督军务。清军入占北京后未久，继咸被将领左良玉之子左梦庚软禁。再后梦庚投降南下的清兵，献出继咸邀功。继咸被押至北京，满人一再劝降，甚至拨出宫廷“内院”为馆郑重安置，但其仍断然拒绝易服剃发朝拜清君，且步文天祥《正气歌》作《正性吟》明志。某些已投降的弟子绕膝而跪痛哭苦劝均一概不理，誓言“大官好作，大节难移”，最终不屈，坦然就义。继咸别号袁山，文天祥号文山，南宋末年还有一位抗元志士谢枋得号叠山，三位均系江西人，又都牺牲于北京。江西也称江右，故被后人尊为“江右三山”。

《题祁邑察院壁》是继咸任职山西不久所留，祁邑即今山西祁县。诗题于祁县察院墙壁，用略带调侃的语气描述了自己仿佛梦一般的升官，表达了对当地先哲的仰慕以及奉皇命奔忙的身不由己，抒发了期望承前启后做出事业表率的志士襟怀，是足可体现其精神境界的杰作。

一官蕉梦①笑三刀②，	就好像睡梦中的恍惚真好笑官已升超，
万里孤征旧葛袍。	孤身万里上任还穿着粗葛的旧袍。
序接新秋晴暑烈，	岁月迫近了新秋晴日里依然酷烈如夏，
天邻绝邑暮风高。	长天紧贴着高城晚风却在更高处呼啸。

云瞻远树人怀狄③，	瞻望云端的远树怀想狄公仁杰，
檄捧长驱事愧毛④。	捧着官书频频奔走仍愧无毛遂的情操。
老去衣冠看骨立，	到老时只剩下衣冠一袭瘦骨一握，
苍生谁起为心劳？	问众生能有谁继往开来为民辛劳？

【注释】

① 蕉梦：即蕉鹿梦，比喻人生似梦似真，变幻迷离；据载，郑国某“薪者”即樵夫遇一“骇鹿”逃奔，就击而“毙之”藏起来并覆以蕉叶，稍后忘记“所藏之处”，以为是做梦就一路唠叨，被某人听到后循“其言”得鹿，归告妻子，妻子却说哪有什么“薪者”是你梦见的吧；孰料“薪者”夜里又梦到“所藏之处”以及得主，就上门索讨，两人争执不下讼于刑官，刑官称双方都有梦都有真，故裁定一人一半“二分之”糊涂结案；袁继咸到山西前，闻知权势宦官张彝宪“有朝觐官赍册之奏”就是官员拜见皇上先要注册审批，当即奏本反对，称若“此令行”则官员乃至藩王为求通过，必“屏息低眉”次第“跪拜”主事太监，致“天下为无耻事”，但崇祯帝支持宦官，继咸怏怏不乐，只好“孑身赴任”，此句反映的应该就是这样的心情。

② 三刀：指官员的升迁；西晋名臣王濬，夜梦“悬三刀于卧屋梁上，须臾又益一刀”，顿时“惊觉”甚恐，但其“主簿”即秘书李毅却“拜贺”，称“三刀为州字”，“又益一刀”就是益州，不仅非祸且是执掌益州的吉兆，不久果然官拜益州刺史。

③ 狄：即狄仁杰，太原人，则天武后大周时期两度拜相，以贤能著称。

④ 毛：即毛遂，但此处非指毛遂自荐而指愧无其人才干；毛遂是战国时期赵国平原君赵胜的门客，长平之战赵国惨败后，赵胜奉命出使楚国争取“合纵”抗秦，遴选随从 19 人，尚少一人，毛遂自荐前往，因其三年未被门客“称颂”故赵胜不许，毛遂以自己未有机遇“脱颖而出”反驳，终获成行；而在彼此谈判的最艰难之际，恰是毛遂“按剑而前”侃侃痛陈“利害”，才促使楚国歃血定盟；归来后赵胜欣然赞曰，“毛先生以三寸之舌，强于百万之师”。

59. 傅山：《甲申守岁》

傅山（1607—1684），明末清初义士、书画家、医学家，字青主，山西太原阳曲人。傅山出身书香，读书“精敏颖悟”，及壮受业三立书院，成为山西提学佥事袁继咸的门生。后继咸被诬下狱，傅山带动书院众多学子赴京“伏阙诉冤”，赢得舆论声援，终使继咸昭雪，傅山也“以此名闻天下”。

明思宗崇祯十七年（1644），夏历纪年谓之甲申年。三月李自成军攻破北京，崇祯帝自杀，未久清军入关击败自成“定鼎燕京”，这一年也是清世祖顺治元年。但直至岁末，傅山仍深陷亡国之痛，遂写下了仿佛泗泪交流、愤不欲生的诗作《甲申守岁》。

甲申之后，傅山改穿朱衣佩戴黄冠，号“朱衣道人”，自称“太原人作太原侨”，以示虽处故乡等于侨居新朝。清圣祖康熙十七年（1678）诏令荐举海内名士，开“博学宏词”特科选官。傅山受举却“固辞”不就，阳曲知县只好派人强抬“其床”送入京师，“公卿毕至”前来造访，仍“卧床不具迎送”。后以其“老病”钦赐“免试”，“特授内阁中书”优待。又被强抬入宫谢恩，傅山望见已更名大清门的大明门，顿时“泪涔涔下”，跌扑倒地不进。归来后，凡以“中书”称呼一概不理，官方赠匾“凤阁蒲轮”断然不受。临终拒穿朝服，嘱以“朱衣黄冠”入葬，被赞为“尚志高风，介然如石”。

傅山诗文书画皆绝，兼通医术。傅山为母亲调制的“八珍汤”，取羊肉、米酒、黄芪、良姜、莲藕、山药，配煨面熬煮韭菜佐味，就是太原名食“头脑”的起源。后授做法予回民朵氏饭庄，因同时销售羊杂，傅山题店名“清和元”，暗含“头脑杂割清和元”割掉两个外族王朝头脑的寓意，饭庄至今犹在。

三十八岁尽可死，	三十八岁的亡国之民只剩一死，
栖栖[1]不死复何言？	凄然怆然地活着又有何言？
徐生许下愁方寸[2]，	心中的愁苦就好像昔日的徐庶，
庾子江关黯一天[3]。	更如同惆怅的庾信守望在黯然的年关。

蒲坐小团消客夜[4]，
烛深寒泪下残编[5]。
怕眠谁与闻鸡舞[6]，
恋着崇祯十七年。

枯坐在蒲草团消磨着侨居的长夜，
烛光的冷泪浸透了写不下去的诗篇。
真可怕睡倒后谁与我闻鸡起舞，
最难舍的还是大明朝这崇祯十七年。

【注释】

① 栖栖：读作 xī xī，身心不安，孤寂凄零。

② 徐生许下愁方寸：徐生，即东汉末年三国时人徐庶；许下，指许昌；方寸，指心、心绪；此处借徐庶在许昌服侍曹操的经历，抒发了自己仿佛“身在曹营心在汉”的惆怅之情；徐庶早年投奔刘备并举荐了诸葛亮，后来曹操在当阳长坂坡大败刘备，俘虏徐庶之母，孝子徐庶只好前去拜见曹操，行前指其心对刘备说，“本欲与将军共图王霸之业”，今“失老母方寸乱矣”，所以请求离开；徐庶投曹操后曾官至右中郎将、御史中丞，但引入文学作品并深入民间，就衍变成其人“身在曹营心在汉”为曹操“不设一谋”、似乎过得并不舒畅的故事。

③ 庾子江关黯一天：庾子，即南北朝文学家庾信；江关，代称乡关也即故乡；此处借庾信的亡国遭遇，表达思恋旧朝的黯然愁绪；庾信本是南朝梁朝官员，奉命出使北朝西魏，抵达长安后不久西魏进攻江南，庾信滞留北方，备受尊崇，但就是不放其南归，此后二十六七年庾信虽“位望通显”却仍“常作乡关之思”，其《哀江南赋》《伤心赋》与只存片段的《愁赋》等，寄寓的就是这种“悲不自胜”的悒郁，故后世也将故国思恋称作“庾愁”。

④ 客夜：客居之夜，以喻亡国之后视故乡也如异国他乡。

⑤ 残编：残缺不全的书卷或者文字篇章。

⑥ 闻鸡舞：晋朝人祖逖，青年时与刘琨“俱为司州主簿”，关系甚好，每每“共被同寝”，曾半夜“闻荒鸡鸣”，古人多认为不祥，祖逖却称“此非恶声也”，用脚催醒刘琨，早早“起舞”健身练武，后均成名臣名将，也留下了一段“闻鸡起舞”的著名励志故事。

60. 顾炎武：《蒲州铁牛》

顾炎武（1613—1682），明末清初学者，字宁人，江苏昆山人。明亡后曾在故乡参与抗清，后半生则大多流寓北方，曾多次出入山西，相继居留七八年，与傅山等不少名士结为至交。清圣祖康熙二十年（1681）夏，又“挟图书子仆”由陕西“抱疾”到达山西曲沃县，准备长住著述。次年正月初四，受知县熊僎之邀聚宴，初八出门答谢时上马失足坠地，“疾作竟日”辞世。在昆山有幅“皇清处士顾公炎武”肖像，题词为“一代大儒，学贯天人，隐居求志，比迹河汾”；“河”即黄河，“汾”即山西的汾水，“比迹”即脚印挨着脚印走遍，如此表述充分说明了这位学术大师与三晋大地的密切关系。

据载，“先生自少至老手不释书”，虽多年萍踪浪迹“往来曲折二三万里”，每出门必“以一骡二马捆书自随”，一路“据鞍”忘情背诵，以致跌下“崖谷”，还沿途咨问“风土”地理，“览书”达“万余卷”。因“精勤至此”才掌握了“渊涵博大”的知识，留下《日知录》等60余种500多卷鸿篇巨制。

《蒲州铁牛》原名较长，为《蒲州西门外铁牛、唐时所造以系浮桥者、今河西徙十余里矣》。铁牛位于今山西永济西南的黄河古渡口蒲津渡，唐玄宗开元十二年（724）诏令宰相张说主事，于两岸“各造铁牛四”，每尊高近两米，长达三米，“其下熔铁为山，又为铁柱灌之”，“八铁牛对拽，八铁人策牧”，拉紧多条铁索，横搭无数船只，连起跨河“浮梁”。几百年来“蹄响如雨，车音若雷”，畅达南北交通贡献至巨。清朝初年因黄河改道废弃湮没，为之咏颂者则近乎空白。20世纪80年代，北岸四尊铁牛与铁人有幸出土，已成为耀眼的旅游景观。顾公之作，无疑为这一重见天日的巨型文物增添了诗性的光华。

唐代浮梁处，	在唐代支撑起浮桥的河滨，
遗牛制尚新。	牵拉铁索的铁牛模样儿还新。
一朝移岸谷，	只因了大河改道远移岸畔，
千载困风尘。	千百年困顿在漠漠风尘。

失水鼋鼍①没，	离开水边再难见大小龟鳖，
依城鹳雀邻。	傍近了城关也只可鸟雀为邻。
应无丞相问，	已无有当权首脑怜惜过问，
傥②与牧童亲。	仅可与牧牛的孩童怅然相亲。
世变形容老，	世事的迁变催老了容颜，
年深战伐频。	不尽的岁月更屡遭战火频频。
无穷怀古意，	满怀着无穷的思古幽情，
舍尔适西秦③。	拜别你去往那临西的三秦。

【注释】

① 鼋鼍：鼋，读作 yuán，指大鳖；鼍，读作 tuó，原指扬子鳄，此处泛指鳄类动物。

② 傥：读作 tǎng，此处作失意、怅惘。

③ 西秦：指陕西，也有三秦之称。

61. 于成龙：《壬戌仲春复过井陉口》

于成龙（1617—1684），清代大臣，字北溟，山西方山人。明思宗崇祯十二年（1639）中省试副榜，即落选中再选的前几名，但此后一直未能举进士。清世祖顺治十八年（1661）44岁时，方经吏部“谒选”授官广西罗城知县。

罗城位于边陲“万山中”，民性“犷悍”环境凶险，又刚被清军“收归”，首任知县被杀，二任吓跑。友人劝其放弃，成龙却表示“我辈虽无科第身份”，也誓要“勿昧天理”有所作为。到任后，县城“遍地榛莽”，居民仅“六家”，衙门破烂不堪，只好插“篱棘”当门窗，“累土”为办公“几案”，夜晚须“枕刀一口”贮火枪“二杆”自卫。但其没有退缩，苦干六七年善政“次第举行”，终使一县“大治”，被考核“卓异”，升四川合州知州。任满再升湖北武昌知府、福建按察使，又被荐“廉能第一”，清圣祖康熙十九年（1680）破格“特简”为直隶巡抚。次年“入觐”，天子御赐“帑金”“良马”等，赞为“清官第一”。未久转升两江总督，驻南京督理江苏、江西等省。

成龙“历官”20年不携家眷，“不受属员一毫馈送”。曾长期不用肉食，只以粥中加糖，得雅号“于糖粥”。转任途中，一路往往干啃萝卜佐餐。任总督时仍“日食粗粝”，“侑以青菜”，被戏称“于青菜”。理政之际猝然长逝，遗物仅“绨袍一袭”“床头盐豉数盎而已”。葬归时，南京“士民数万人步二十里外伏地”痛哭，“江涛”为之“不闻”。天子“制诗”表彰，再赞其“天下廉吏第一”，加赠太子太保衔，谥号“清端”。

《壬戌仲春复过井陉口》作于康熙二十一年（1682）春。成龙“乞假”归乡安葬母亲后离家莅任总督，过太行山井陉口时，40多年前经此赴京赶考的失败，其后宦海的锐意争强而致快速腾跃，可能统统浮上心头，遂写下这篇充满感慨也不免踌躇满志的诗章。几年前当地发现诗作碑刻，已成珍贵文物。

行行复过井陉口[①]，	日复一日赶路再次来到井陉口前，
白发皤皤[②]非旧颜。	可叹我白发苍苍已非旧时容颜。

回首粤川多壮志，	想当初赴任黔广川蜀充满宏图大志，
劳心闽楚少余闲。	后荣升闽乡楚地公务劳碌绝无余闲。
钦承帝命巡畿辅[③]，	曾奉旨主政护卫京师的要地，
新沐皇恩出固关[④]。	又沐浴着新赐的皇恩驰出固关。
四十年前经熟路，	四十年前走过的熟识的道路，
于今一别到三山[⑤]。	如今一别就要奔向那就职的江南。

【注释】

① 井陉口：陉，连绵山脉中断之处形成的可通行谷道；井陉口，古人所称“太行八陉”之一，由山西平定县横穿太行山至河北省，因“四面高中央下”如井而得名。

② 皤皤：读作 pó pó，形容头发斑白的状貌。

③ 畿辅：京都周边与附近地区，清代时也是直隶省即今河北省的别称。

④ 固关：井陉口最西头的进出关隘，明英宗时初建关城，谓之故关，位于平定县旧关村，百多年后明世宗时西迁 10 华里重建关城，取固若金汤意更名固关，位于平定县新关村，新旧两关的部分遗迹尚存。

⑤ 三山：指南京三山，因一山有三峰并列故得此名，位于南京西南长江边，其突出江中部分谓之“三山矶”，李白名作《登金陵凤凰台》中所言“三山半落青天外，二水中分白鹭洲”即是此处景观。

62. 屈大均：《云州秋望》

屈大均（1630—1696），清代诗人、学者，字翁山，广东番禺人。少时受业于名士陈邦彦，清世祖顺治三年（1646）清军攻广州，参与邦彦等人的反清斗争，后邦彦死难，大均出走。清廷发布强迫汉人的“剃发令”后，大均曾作《藏发冢铭》《长发乞人赞》《秃颂》等讥诮抨击，继而彻底落发出家，并将居舍称作“死庵”示愤。清圣祖康熙五年（1666）大均出游北方，在山西代州结识顾炎武等，还娶了一位抗清战死将领的女儿为妻。《云州秋望》即此时所作，云州在今山西大同一带。诗立意旷荡鲜明，境界雄健苍莽，是很能代表其精神志向的篇章。

康熙十二年（1673）吴三桂起兵云南，大均前往投奔，被授职广西按察副司，未久离去。清军平定江南后退隐家乡，从此再不外出。但其怀恋旧朝之心一直未泯，子女姓名皆嵌“明”字，诗文中也不断流露对于新朝的“悖逆”。尤其是，详尽搜罗了从崇祯帝到江南所建南明政权期间数百位抗清殉国的烈士行状，包括“桐乡村人”“总兵家丁”“百川桥乞儿”“细柳营瓦匠”等低层英雄，撰成《皇明四朝成仁录》一书，且将明朝尊称“吾朝”，将清兵蔑称“夷”“虏”，鲜明憎爱洋溢纸面。后来被发现时，死去的大均几乎遭到开棺戮尸，书与刊板一律焚销。直到几十年后清高宗乾隆四十一年（1776），还亲颁天子“上谕”，大骂大均“不能死节”，“遁迹”佛门“腼颜苟活”，却借亡国“托名”忠贞，“妄肆狂狺”，称“其人实不足齿，其书岂可复存”，再次严令“逐细查明，概行毁弃”。所幸，《皇明四朝成仁录》还是被有心人冒死秘藏下来，为一段悲怆的历史保留了翔实的纪录。

白草黄羊外，	白草黄羊似乎都远在渺茫的天外，
空闻觱篥[①]哀。	总恍惚有几声隐约的胡笳戚戚哀哀。
遥寻苏武[②]庙，	翘首眺望欲寻索苏武庙的踪影，
不上李陵台[③]。	却绝不会登临那降将李陵的坟台。

风助群鹰击，	成群的雄鹰凌风翻飞往复奋击，
云随万马来。	团团云朵追随着万匹奔马滚滚涌来。
关前无数柳，	谁曾想乡关前习见的无数垂柳，
一夜落龙堆④。	一夜间就绿满这边地的漠漠沙海。

【注释】

① 觱篥：读作 bì lì，古代一种乐器，汉朝时由西域传入，以竹为管，以芦为首，形似喇叭，类如胡笳，也名笳管，边塞军中多用，音调悲凉沉郁，故又有悲篥之称。

② 苏武：我国古代著名的节士，西汉杜陵即今陕西西安人；汉武帝时奉命以中郎将持汉朝节符“送匈奴使”还国，到达后匈奴发生内乱，苏武被扣，匈奴单于招降遭拒，就将其关入地下“大窖中”并绝“饮食”，苏武“啮雪”与“毡毛并咽之”，“数日不死”，匈奴又转迁其“北海上无人处”据说即今俄罗斯贝加尔湖边，令“牧羝”即放牧公羊，声言公羊生崽始准“得归”；苏武竟日“掘野鼠去草实而食”，但牧羊必举着汉朝节符，节旄“尽落”依然，历尽艰辛19年坚贞不屈，终于在汉昭帝时回归长安；汉宣帝时赐爵关内侯，悬画像于彰嘉功臣的麒麟阁。

③ 李陵台：李陵之墓；李陵是西汉名将，大将李广之孙，我国历史上著名的降将；李陵“善骑射”也“谦让下士”，有乃祖“之风”；汉武帝远征匈奴，李陵受命率一路“步卒五千人出居延”，遇匈奴军被三万骑兵包围，李陵引兵苦战有胜，匈奴增调“八万余骑”会攻，李陵寡不敌众，兵败“遂降”，武帝闻之“怒甚”，司马迁就因替李陵辩护而惨遭“腐刑”阉割，继又传言李陵教授匈奴演练兵阵，故被灭族，母、弟、妻、子均皆“伏诛”；李陵与苏武曾在匈奴晤面，苏武归汉后致书劝其反正，李陵作《答苏武书》回复，诉尽乡国思念却也陈述了自己当年的无奈与冤屈，写得声情并茂，慷慨悲凉，辞采恣肆激越，已成古文名篇，但也有伪作之说。

④ 龙堆：白龙堆的略称，原指西域天山南路的沙漠，后世诗文中也多泛指边陲沙漠。

63. 陈廷敬：《珏山》

陈廷敬（1638—1712），清代大臣，字子端，号午亭，山西阳城人，生于明思宗崇祯十一年夏历十一月二十七日，此日恰是公历1638年12月31日。清世祖顺治十五年（1658）举进士并入选翰林院，三年后全国再会试，廷敬23岁即作为主考官的助手同考官负责阅卷。清圣祖康熙帝登基后，累任翰林院侍讲学士、国家最高学府副职国子监司业、翰林院主官掌院学士，又曾奉命“日直弘德殿”即值班候旨或待命讲读，帝甚“器之”。

康熙二十五年（1686）廷敬升工部尚书，兼充总裁官“修辑”《大清一统志》《明史》《三朝圣训》等，最终位极人臣，官拜一品文渊阁大学士。康熙四十九年（1710）又颁旨“大学士陈廷敬等”，称“朕留意典籍”，“编定群书”，深感“字学并关切要”，令“酌订一书”，“垂示永久”，这就是《康熙字典》的缘起。但廷敬与另一位钦定“总阅官”张玉书均在两年内故世，《康熙字典》则成书于六年之后，故真正使之告竣的还是28位兢兢业业的学者纂修官。

陈廷敬侍奉康熙40多年，备受宠信，屡蒙恩赏，御赐甚多，并为其家宅题写了“午亭山村”门额与联语“春归乔木深荫茂，秋到黄花晚节香”，告老“乞休”时又以“可称完人”赞之。故世后亲赐“挽诗”，“命皇三子”以“茶酒”祭奠，“部院大臣”一律赴丧，谥号“文贞”。

这首《珏山》，可能是康熙三十一年（1692）廷敬回乡为父守孝期间所作。珏山是廷敬故乡附近的名山，主峰两峰对峙，奇伟秀丽，每逢八月中秋，一轮皓月从两峰间缓缓升起，蔚为壮观，谓之“珏山吐月”。这首诗描写的就是此景，同时也寄寓了其虽身居高位却对山野生活之乐的隐隐向往。

铁锁钩梯细磴[1]分，	铁锁钩连着扶梯一层层石阶分明，
半空时有凤箫[2]闻。	半空里断续飘来仙笛般的玉音。
双峰夹送三清[3]月，	两座峰峦仿佛夹路恭送升天的皓月，
万壑全收太岳[4]云。	万重沟壑收尽了崇山峻岭的风云。

插汉桂榆垂欲下，	直插霄汉的桂榆像是垂垂欲下，
摩霄龙鹤动成群。	又似有腾空的龙鹤飞舞成群。
人间何限卑栖[5]意，	人世间怎能限制退居下位的意愿，
待剪香茅岭上耘。	且看我终将会剪取香茅岭上耕耘。

【注释】

① 磴：石头台阶。

② 凤箫：古称云箫，一种上品排箫，“参差其管”排列如“凤翼”，“萧然清亮”仿佛“凤鸣”，故也用以比喻仙乐。

③ 三清：道家宣称的玉清、上清、太清胜境，有所谓圣登玉清、真登上清、仙登太清之说，又以玉清元始天尊、上清灵宝天尊、太清道德天尊为三清尊神。

④ 太岳：山西有太岳山，但珏山属太行山系，故此处应非实指而是借指高大的山岭。

⑤ 卑栖：居于卑下地位。

64. 孔尚任：《二月朔同人游龙子祠》

孔尚任（1648—1718），清代剧作家，字聘之，山东曲阜人。尚任是孔门后裔，学识渊博，才气不凡，通晓礼乐。清圣祖康熙二十三年（1684）天子前来祭孔，亲题“万世师表”匾额。而孔府为了“迎驾”监造礼器、教习乐舞，后又担当御前讲经并导引观览孔林介绍“圣迹”者，皆为尚任，因此赢得“龙颜”大悦，钦授其国子监博士，赴京出任国家最高学府教官。但此后10多年尚任最大的贡献乃是，苦心编织，反复打磨，完成了“借离合之情，写兴亡之感”的辉煌剧作《桃花扇》，一经亮相顿时轰动。迄今300余年包括话剧、电影等均搬演无数，成为我国艺术园林长开不败的奇花。

康熙四十六年（1707），山西平阳知府、即民间所传“罗锅宰相”刘墉的爷爷刘棨拟纂修《平阳府志》，特聘尚任主持定稿，尚任来到平阳即今山西临汾市尧都区居留数月完成，在平阳度过了春节与灯节。其间，还以“演春”“迎春”“试灯”“踏灯”“舞肩”“蹋歌”“西昆”“乱弹”“平话”“女优”10项分类，详尽描述了当时的欢乐盛况，写成浅显易懂的《平阳竹枝词五十首》，为山西南部的民俗文化留下了极其可贵的记载。

《二月朔同人游龙子祠》作于尚任赴平阳的次年，“二月朔”即夏历二月初一。龙子祠位于平阳藐姑射山麓的平水之源，相传魏晋六朝时建都平阳的汉国天子刘渊曾在此拔剑砍龙，涌出泉水灌溉良田，民众大受其惠，遂以建祠，后成为祭祀神灵、举办社事的重地，宋代时就已有了《龙子祠农人享神》之作。现存殿宇为近世复建，唯古碑碣多通仍在。尚任此诗，神韵妙曼，辞采灵动，充分体现了这位艺术大匠的杰出才情。

远隔红尘水树幽，	远离了尘世扰攘水与树都显得格外清幽，
宜人景物失乡愁。	宜人的景物顿使我忘却了思乡的烦忧。
含烟店柳从容发，	野店乍绿的嫩柳从容吐纳着含烟的薄雾，
破冻山泉放肆流。	刚刚破冻的山泉却已是尽情尽意奔流。

古寺春寒须问酒，	春寒犹存的古寺须请些热酒暖身，
重峦雪霁[1]好登楼。	观赏冰雪初融的群峰最好就是此刻登楼。
风雷龙子[2]何年去？	那呼风唤雨携雷挟电的龙子何年而去？
遗事闲从父老求。	神奇的往事也只能闲暇时找找老辈人寻究。

【注释】

① 霁：雪停雨止，天地放晴。

② 风雷龙子：平阳一带民间传说的龙子祠建祠来历，据云有妇人得巨卵于野，持归化育成一婴孩，后汉王刘渊筑城，但却随筑随塌，劳民甚众，婴孩遂秘变为蛇伏地而行，叮嘱妇人顺其行路洒灰，所过之处城即升起，刘渊诧异便追寻而至，蛇化为金龙穿入地穴，刘渊迅疾拔剑砍断龙尾，忽有泉水涌出，泽润万民，故建龙子祠祭祀，奉为风雷之神，也尊称为康泽王庙。

65. 爱新觉罗·玄烨：《幸西省至太原》

康熙皇帝爱新觉罗·玄烨（1654—1722），清世祖顺治第三子。当时天花传染病盛行，早夭者众。故年仅24岁的顺治临崩时，听从著名洋教士汤若望的建议，遗诏已出过天花而可期高寿的玄烨承继，果然在位61年，成为我国为时最久的天子，文治武功领域也均多建树，算得上是一位有所作为的君王。

康熙在位时，为了彰显皇威、安定四方，曾一再外出“巡幸”，最著名的就是六次南巡江南，也数次北巡塞外与出山海关东巡。康熙四十二年（1703），据云是应“陕西督抚诸臣”与山西、河南巡抚的“合词陈奏”之请，夏历十月起驾西巡，二十五日抵达太原。“文武各官”与“绅衿士庶”皆“跪迎载道”，“争睹天颜”。次日下旨“尽行蠲免”山西州县未纳完的“银两米草”以示“加惠黎元”。二十七日因所谓民众“齐集行宫”前“再四恳求”留驾一天，与驻军演习“亲射二次，发矢皆中”，恩赏山西巡抚等人貂服、人参，巡抚以下官员49人各赏“御书”，“题赐”已故晋籍大学士卫周祚“表率班联”、陈廷敬“博文约礼”、吴琠“风度端凝”、总督于成龙“高行清粹”匾额。二十八日离太原，十一月十五日驾临西安。其间，对山西“收成颇佳”，“民生略有起色”以及“俗朴尚俭”倍感欣慰，也对晋人“过于悭吝”提出劝诫，称“节俭虽为美事，太过则亦未可为善”。《幸西省至太原》，正是对这一切良好印象的“圣心”抒发。

康熙在西安“驻跸”七天，多次阅兵校场，接见应召来朝的蒙古诸王、贝勒，为达赖喇嘛之弟封爵，为敕建藏传佛教广仁寺亲撰碑文，遣官致祭历代诸皇陵，竭尽全力笼络各方，抚慰官民，稳固西北地区的民族关系，也不乏树威势、立威仪的用意。十一月二十二日回銮，途经河南返回京师。

黎元瞻翠盖[①]，	黎民纷纷瞻仰着西巡的銮驾，
三晋力桑麻[②]。	三晋百姓最勤于耕田绩麻。
纳稼如丰稔，	官粮的缴纳总是一如丰年，
祈年忆静嘉[③]。	祈祷祭祀常感念国政的康嘉。

边无戍卒苦，	边境上已再无守兵的苦难，
巷有读书家。	深巷中却增多了读书的人家。
此幸非游玩[4]，	朕此次幸临绝非游玩，
隆冬见玉花[5]。	隆冬里普降的都是碎玉般的雪花。

【注释】

① 翠盖：天子仪仗中以翠羽为饰的华美车盖，代指帝王御驾也借称帝王。

② 桑麻：本义为桑树与麻，种桑养蚕取丝、植麻取纤均为古人重要的生计，传统诗文中常以此借指农作物、农事活动乃至年成好坏。

③ 静嘉：《诗经·小雅·既醉》有“其告维何，笾豆静嘉”语，笾豆为古代食器，也是祭祀时常用的礼器，朱熹解释“静嘉，清洁而美也”，也用以赞颂社会清明。

④ 此幸非游玩：康熙西巡前曾颁“特谕”，称此行是借“冬令农隙之际”外出“观览民风，询察吏治，简阅禁旅，整饬军营”，沿途须一切“轻装约从”，不许勒索地方“生事扰民”，并令“遍示”所过“府州县城市村庄”皆知“朕怀”；实际却是，一路上都有许多百姓“设香案，献果食”，“执香跪迎者”常常“填塞衢巷”，“遍满山麓”，“无不欢呼爱戴”，“感祝万寿齐天”，暗中有多少官员的刻意安排与无谓耗费，显然是不言而喻的。

⑤ 玉花：雪花、玉雕的花，也比喻光芒闪烁。

66. 王绶：《太原观猎》

王绶，清代官员，生卒年不详，字诚亭，甘肃兰州人。出身诗书之家，祖父王同春曾为贵州遵义知府，精于书法，有《心远堂法帖》等传世。王绶未中进士，以举人资格入仕，清圣祖康熙三十九年（1700）授平遥知县。到任后几次率先捐银达数百两，整修枢纽桥梁，“环城植柳”美化环境，起建县学书院，倡议“立义学十区”于各乡。尤其是，亲自“慨然操笔，日夜编次”劳苦“凡七阅月”，于康熙四十五年（1706）纂定《平遥县志》，成为现存体例最完整、保留史料最详尽的最早版本。该县志收有王绶所赋“平遥八景”，其中的《市楼金井》已成为赞美热点旅游景观平遥市楼的唯一的古人诗作，两句腹联“五行气正民生遂，百尺楼高物象雄”，也已作为市楼的楹联永悬两厢。所以，被誉为“高才”“鸿学”的王绶，显然是一位勤政爱民的好官。继升辽州知州，治所在今山西左权。

关于“观猎”诗作，古人所赋不少。李白有“箭逐云鸿落，鹰随月兔飞”，王维有“草枯鹰眼疾，雪尽马蹄轻”，王昌龄有“角鹰初下秋草稀，铁骢抛鞚去如飞”，韦庄有“鹘翻锦翅云中落，犬带金铃草上飞”，苏轼有“左牵黄，右擎苍，锦帽貂裘，千骑卷平冈”。王绶的《太原观猎》，场面威武，气势雄奇，有声有色，活灵活现，栩栩如生的形象叠加仿佛连续镜头，较之名家毫不逊色，也为清朝时期某日的太原郊野，用文字描绘了一幅惊心动魄的壮阔画卷。

云屯[①]千骑晋阳东，	成千的骑士云集在晋阳城东，
围合川原鼓角雄。	围定了一派郊原雄壮的鼓角齐鸣。
金距黄眸[②]翻落日，	争相扑击的猎鹰搅乱了落日斜晖，
青曹白望[③]逐长风。	奋力追逐的猛犬胜似卷地的长风。
窟深狡兔遗三矢[④]，	深窟的狡兔惊得屁滚尿流，
人立封狐[⑤]跨五骢[⑥]。	直立如人的大狐疯狂地跃过群马逃奔。

向夕归途铙曲[7]发， 夜晚的凯旋途中军乐响起，

书生羸马障飞蓬[8]。 我书生的弱马却磕绊了健儿的驰骋。

【注释】

① 云屯：云聚，比喻众多、密集。

② 金距黄眸：金距、黄眸本义是形容鹰爪鹰眼，古代也指猎鹰名。

③ 青曹白望：青曹、白望，皆为古代猎狗名。

④ 遗三矢：三矢，本义仅为三支箭，但遗矢也作拉屎解；遗三矢，形容被围猎的动物吓得屎尿不断之状。

⑤ 人立封狐：如人一样直立的大狐狸。

⑥ 骢：本义为青白杂色的马，也泛指马。

⑦ 铙曲：铙，读作 náo；铙曲，古代用以鼓舞士气的军乐，又称铙歌，也代指凯歌或泛指军歌。

⑧ 飞蓬：此处比喻飞驰的队伍。

67. 严遂成：《三垂冈》

严遂成（1694—?），清代诗人，字崧瞻，浙江乌程即今湖州人。清世宗雍正二年（1724）进士，曾任山西临县知县，后也当过州官。遂成之诗，以读史诗为最佳，本人也自负“咏古第一”。这首大气磅礴却又哀情如缕的《三垂冈》，就是其最为出色又是知名度最高的咏古诗。

唐末军阀混战，占据太原一带的晋王李克用，击败敌手孟方立后回军到达潞州即今山西长治，“置酒三垂冈”庆贺，五岁的儿子李存勖陪伴在侧。席间，伶人奏《百年歌》，唱至人的“衰老之际”歌声“甚悲”，举座“凄怆”。“克用慨然捋须”指着存勖笑曰，“吾行老矣，此奇儿也，后二十年其能代我战于此”打一仗吗?

李存勖才具不俗，精通汉学。且一直随父征战，磨炼得胆识过人，文武双全。五代后梁开平二年（908）克用故世，存勖23岁继位晋王。克用临终以三支箭赐之，嘱其“无忘乃父之志”，打击背盟者北方契丹、盘踞幽州的燕王，灭梁报仇。此时潞州已被后梁大军包围一年多，存勖断然提出“梁人”幸灾“我大丧”，以“我少而新立无能为也”，正其麻痹之时最易“乘其怠击之”。于是率兵戴孝出发，疾驰六日抵达三垂冈，感叹道“此先王置酒处也”。不日恰逢大雾，存勖借此掩护发起突袭，攻破敌寨，杀伤无数大获全胜。此后每次用兵，必将三支箭“盛以锦囊”背负“前驱”，班师后隆重奉祭祖庙。最终灭掉后梁，在其同光元年（923）称帝洛阳，自谓恢复了唐朝，史称后唐。

1964年12月，毛泽东阅读《五代史》时忽有所悟，29日遂函告秘书田家英，“近读五代史后唐庄宗传三垂冈战役，记起了年轻时曾读过一首咏史诗，忘了是何代何人所作，请你一查告我为盼”。家英迅即找到《三垂冈》送上，毛泽东随之手书一幅。其手书，如今已镌成诗碑立在了当年的战场旧地。

英雄立马起沙陀[①]，	横刀立马的英雄起自沙陀，
奈此朱梁[②]跋扈何?	飞扬跋扈的朱梁可奈我何?

只手难扶唐社稷，	只手虽难扶衰朽的李唐王朝，
连城且拥晋山河。	却依旧拥据着连城的三晋山河。
风云帐下奇儿在，	风云帐下大业可承的奇儿已在，
鼓角灯前老泪多。	鼓角灯前悲喜交集的老泪犹多。
萧瑟三垂冈畔路，	纵目三垂冈边萧瑟的小路，
至今人唱百年歌[③]。	至今仍有人唱着岁月如梦的歌。

【注释】

① 沙陀：我国历史上西域地区的少数民族，为西突厥别部，因属地有大沙丘，故被汉族史家称为沙陀突厥，后归顺唐朝逐渐东移，其首领朱邪赤心因军功获赐李姓，名国昌，故世后其子继承，就是李克用。

② 朱梁：指朱温及其所建梁朝；朱温原系唐末黄巢部将，后叛黄巢降唐，又在剿灭黄巢以及藩镇混战中势力渐渐壮大，最终把持了朝政，受封梁王，后篡唐自立为帝，改元开平，国号大梁，我国历史由此进入五代十国时期。

③ 百年歌：西晋文学家陆机仿照乐府诗所作，共 10 段，每段 10 年，逐段描叙人从出生走向百年的生命情景，70 岁后转入悲凉，最后一段则以“盈数已登肌肉单，四支百节还相患；目若浊镜口垂涎，呼吸嚬蹙反侧难，茵褥滋味不复安”，写尽了人之将逝之际的衰迈凄怆，古代曾多被配乐传唱。

68. 杨二酉：《难老泉声》

杨二酉（1705—1780），清代官员，字学山，山西太原人，故里在今晋源区。清世宗雍正十一年（1733）举进士入仕，清高宗乾隆四年（1739）奉旨巡视台湾兼理学政。在任多有奉献，尤其尽心教育，当地感其“善政叠布”，“民皆向学”，遂立《学宪杨公兴行海东书院碑记》纪念，至今犹存。越两年调返京师，后因受牵连被处分，保留“原品”罢官。正由于此，却使之为山西名胜晋祠的维护与宣扬做出了功垂千秋的贡献。

二酉故里就在晋祠附近，曾被认为是西周初年周成王“桐叶封弟”时其弟叔虞受封的“唐地”，南北朝就建起祠宇。后李渊从这里起兵夺得天下，故以“唐”为国号。唐太宗时，又于贞观二十年（646）正月亲撰亲书《晋祠之铭并序》刻石立碑。到清代，许多字迹已“殆不可辨”，“颇失其质”。二酉竭力呼吁，争得有司照准，乃据旧拓本“摹钩”模仿再制一碑，新旧两碑并列，定名“贞观宝翰”，使太宗唯一的刻石真迹越发引人关注，终于屡次躲过浩劫保存至今。此外二酉还参与过晋祠不少古建筑的修复，撰写过多篇碑记与多幅匾额。

乾隆四十二年（1777），二酉又将晋祠风光归纳为内外八景。“内八景”为望川晴晓、仙阁梯云、石洞茶烟、莲池映月、古柏齐年、胜瀛四照、难老泉声、双桥挂雪，“外八景”为悬瓮晴岚、文峰鼎峙、宝塔披霞、谷口双堤、山城烟堞、四水清畴、大寺荷风、桃源春雨，并作“晋祠全景诗”16首以记，被书于文昌阁广为流传，为提升晋祠的文化声誉发挥了巨大影响，《难老泉声》就是其中之一。难老取自《诗经·鲁颂·泮水》中的“永锡难老”，借以称颂晋祠名泉得天之厚赐，长流不息，惠民无极。

谁将玉斧开？	是谁人用神斧将此处劈破？
寒泉出岩窦。	清澈的寒泉涌出了岩头的裂口。
不谓井中冽，	且莫道井中水是何等甘洌，
且笑瓮底漏[1]。	更讨笑像一个高悬的瓮底泄漏。

潺湲[②]作远波，　　潺潺移动的波痕漂向远方，
湍激知下就。　　湍急的浪花却直接冲下山丘。
源源去又来，　　千百年源源不断流去流来，
滚滚夜复昼。　　日日夜夜喷喷吐吐就从未停休。

【注释】

① 瓮底漏：晋祠建于太原西南晋水源头的山脚，其山势则仿佛一座大瓮高悬，山头的泉水就像从瓮底漏下，一年四季长流不绝，故名悬瓮山。

② 潺湲：湲，读作 xù；潺湲，义同潺湲，水流动的样子或声音。

69. 爱新觉罗·弘历：《登黛螺顶作》

乾隆皇帝爱新觉罗·弘历（1711—1799），清世宗雍正第四子，在位60年后自称不敢超越皇祖康熙的“纪元六十一载之数”，遂“逊位”于太子即嘉庆皇帝，又当了三年太上皇，成为我国君王中掌权最长也是享寿最高的一位。

乾隆精通汉学，尤喜为诗，自谓“几务之暇无他可娱，往往作诗”，数量高达40 000多首，稳居古今之冠。乾隆一生曾六次朝拜五台山，留诗400多首也是无人可及。其中，乾隆五十一年（1786）夏历三月的第五次朝拜最为隆重。此前不久，西藏“呈进丹书”尊崇乾隆为“曼殊师利大皇帝”，即五台山所奉文殊菩萨化身人间的转轮圣王。故其上山后当即“瞻礼文殊宝相”，活佛章嘉国师“率众喇嘛诵经迎驾”，又“适值瑞雪霏雯”，“扈从及僧俗人众”纷纷吹捧，均谓“天花飞舞”是“文殊示喜也”，因而“龙颜”大悦。

次日，乾隆“瞻礼”黛螺顶。黛螺顶是一座五台山东台延伸下来的“状若旋螺，圆净可爱”的小山峰，兼有同名古寺。主事大喇嘛为使古稀天子一举拜遍，已将“五台”各峰所奉的孺童文殊、聪明文殊、无垢文殊、智慧文殊、狮子吼文殊统统塑像于此。佛学知识丰富的乾隆可能觉得非常搞笑，遂以调侃的语气记之“夫菩萨言一亦可，言百千万亿亦可，岂拘五台五像”呢？进而怀着“随喜”的心境，写成了这首带有明显揶揄色彩的《登黛螺顶作》，成为其诸多五台山诗中足够优美的一篇佳作，“御笔”诗碑至今仍在。由此，还给后世留下了一个变通的说辞，即将登遍“五台”各峰跪拜称作“大朝台”，将只到黛螺顶给这几个菩萨磕磕头称作“小朝台”，替那些无力或者懒惰者开启了一个满足虔诚的抚慰性途径。

峦回谷抱自重重，	从峦回旋沟壑簇拥好一路万山重重，
螺顶左邻据别峰。	黛螺顶的周边雄峙着别样的青峰。
云栈屈盘历霄汉，	悬绕云间的栈道如从天边穿过，
花宫[1]独涌现芙蓉。	佛宫里清湛的荷池托起了出水芙蓉。

窗间东海初升日，	破晓的窗口掩映着东海的旭日，
阶下千年不老松。	台阶前兀立着千年不老的苍松。
供养五台曼殊像，	虽然将“五台”的文殊合殿奉祀，
阇黎[2]疑未识真宗[3]。	却怀疑这些高僧并未有识透真经。

【注释】

① 花宫：佛寺，也喻仙界。

② 阇黎：阇，读作 shé；阇黎，古印度梵语 acarya 即阿阇黎之略称，指高僧也泛指僧人。

③ 真宗：佛门的真正宗旨、根本精义。

70. 祁寯藻：《小五台精舍夜坐次田季高嵩年韵》

祁寯藻（1793—1866），清代大臣，字叔颖，山西寿阳人。其父祁韵士，清高宗乾隆四十三年（1778）二甲进士，官至户部郎中，后因失职被发配新疆伊犁三年。其时，寯藻年仅12岁，遂更加励志苦读。清仁宗嘉庆十九年（1814）高中二甲进士第三名，其弟祁宿藻、其子祁世长后皆中进士，又均被选入翰林院，故有“一门三学士，三代四翰林”之誉，缔造了罕见的家族科举奇迹。

寯藻一生仕途顺利，清文宗咸丰元年（1851）晋为一品体仁阁大学士、内阁首席军机大臣。是年，洪秀全起事广西，曾国藩为此上疏直言朝廷之过，咸丰大怒，经寯藻苦劝才使国藩免受处置。四年后，曾氏编练的“湘勇”攻克太平天国占据的武昌，咸丰为此“奇功”欣喜不已。寯藻却进言，“国藩以侍郎在籍”为母守丧，一如“匹夫”平民，却能“闾里一呼”，“从之者万余人，恐非国家福也”。史家常以此称寯藻“贬抑”国藩，但从提防地方势力坐大考虑显然是秉公高见。咸丰驾崩后，慈禧太后发动政变剪灭对手夺得权力。清穆宗同治元年（1862），已近古稀、辞官数年的寯藻又被召回，成为幼年天子的帝师，故世后谥号“文端”。

《小五台精舍夜坐次田季高嵩年韵》作于嘉庆十五年（1810）。田季高嵩年山西盂县人，名嵩年字季高，也是杰出进士，官至主政京城的顺天府尹。小五台是太原古城内东南侧一方高地，建有寺院，故得其名。后增建园林与魁星阁等，成为游憩胜景，今已无存。寯藻十六七岁时就读晋阳书院，寓居此处僧舍，与嵩年结为同窗好友，此诗就是对嵩年的唱和之作。可以看出，当时的太原山清水秀，浓荫茂密，明丽天然的风光真仿佛一幅令人陶醉的水墨画卷。

冷雨疏香地自偏，	雨珠儿冷香味儿淡更显得偏静超然，
云峰①缥渺落窗前。	云影朦胧的远峰却好像飞落窗前。
湖山影里城如水，	湖山掩映的城郭青碧如水，
槐柳荫中路似烟。	槐荫柳浪下的小路犹似浮动着轻烟。

一院钟声闻上界②，	满院悠扬的佛钟飘向九霄仙阁，
半帘月色倚凉天。	半笼窗帘的月色紧贴在舒爽的凉天。
与君更约消残暑，	愿与君再约个消夏避暑的时日，
井冽茶清试手煎。	试舀瓢甘冽的井水将清茶联手来煎。

【注释】

① 云峰：太原城外两厢有东山与西山，此处所指或系东山。

② 上界：天上的神仙居处。

71. 徐继畬：《正月立春雪后适平遥馆》

徐继畬（1795—1873），清代大臣，字健男，山西五台人。少时在京曾拜续写《红楼梦》的名家高鹗为师，清宣宗道光六年（1826）进士。鸦片战争爆发后英军北进，厦门失陷，漳州告急，继畬正在此任职道台，迅即扼险封港“镇定”布防，“民赖以安”。两年后升福建布政使主管通商，再升福建巡抚。

可是，鸦片战争惨败也使继畬“泣下沾衣”，遂开始认真研究海外世界，广泛“荟萃采择”洋书请教洋人，经五年撰就“依图立说”内容广博的《瀛环志略》，成为客观公正介绍欧美列国、具有近代启蒙意义的最早著述。其中讲述脱英独立的美国时称，“华盛顿异人也，起事勇于胜、广，割据雄于曹、刘，既已提三尺剑开疆万里，乃不僭位号不传子孙，而创为推举之法”，“公器付之公论，创古今未有之局”，成为对西方政治制度的第一次中文表达。这段文字后来被浙江宁波人士镌石赠送美国，镶嵌于华盛顿纪念塔，已成为中美关系珍贵的历史标志。

然而，《瀛环志略》却遭到保守官僚的猛烈攻击，诬其“轻信夷书，夸张外夷”，又被“追论”他事，彻底免官还乡。此后继畬受聘平遥超山书院主持讲席数年，还协助钱庄票号制定规程、改进管理，在当地贡献不俗。《正月立春雪后适平遥馆》抒发的，就是其为报知遇、无顾年高离家赶赴平遥的感慨。

清穆宗同治四年（1865）“洋务运动”兴起，罢职13年的继畬才被召回京，继出任负责教习外语的同文馆事务大臣。到职后随即扩大规模，增设算学、天文、化学、机械与公法等课程，亲为教科书《格物入门》作序，故被誉为我国近代第一任综合大学校长。未久，美国驻华公使代表政府为之隆重赠送华盛顿画像，《纽约时报》将其命运境遇比作“东方伽利略”报道。《瀛环志略》也被重印，有识之士“奉为指南”，康有为、梁启超均称正是“始见”此书才知道了环球世界，从而极大地推进了清末维新思潮的传播。

河冰未泮①便征轮，	河冰未散便催动出发的车轮，
幞被②登途及早春。	满载着行囊去追赶前路的初春。

残雪在山晴露脊，	晴日里残雪包裹的山峦微露峰脊，
峭风吹野湿无尘。	刚刚溶湿的田野冷风吹过悄无纤尘。
生平行路轻千里，	此生中北去南来从不惧征途千里，
老去驱车怯浃旬③。	到老年竟怯胆这连轴颠簸的一旬。
犹有残书盈数箧④，	喜的是毕竟装满了破书几箱，
为酬载酒问奇⑤人。	皆只为酬报勤学上进的平遥士人。

【注释】

① 泮：读作 pàn，融解、消散。

② 幞被：幞，读作 fú，古代男子所佩的头巾，也代指包裹物体的布单；幞被，指被褥、行李卷。

③ 浃旬：浃，读作 jiā，周匝、绕了一轮；浃旬，转过 10 天。

④ 箧：读作 qiè，古代称藏物之器，大的谓之箱，较小的谓之箧。

⑤ 载酒问奇：向饱学之士奉送所好而登门求教，也用以赞美勤学好问；西汉辞赋名家扬雄，学问深厚“博览无所不见”，但“家素贫”却甚喜饮酒，因此总有“好事者载酒肴”送上，而从其“游学”请教。

72. 杨深秀：《蕊罗春色》

杨深秀（1849—1898），清代官员、晚清维新人士，山西闻喜人。清穆宗同治九年（1870）省试第三，但赴京会试多次落第，直到清德宗光绪十五年（1889）才考中进士，任职刑部，后转任专事“台谏”的“言官”。

深秀“性耿直”，敢于“面折人过”。尤其认为“时势危迫”，“不革旧无以图新，不变法无以图存”，故与康有为“志趋略同”结为道友。光绪二十四年（1898）“戊戌变法”启动后，深秀连续上疏“请定国是”，提出一系列维新举措，有些就是康有为代拟。变法失败后，“举朝惴惴”皆恐“大诛”将至，唯独深秀坚决“抗疏”，毅然诘问皇上被废因由，力请“太后归政”光绪。其子苦劝则“厉声叱之”，终于招致缉捕，四天后与谭嗣同等一道被杀，史称“戊戌六君子”。其刑前所留“狱中诗”，有“缧绁到今终不怨，未知谁复请长缨”语，自谓坐牢无悔，只憾后继乏人，与谭嗣同的“我自横刀向天笑，去留肝胆两昆仑”不相上下，均堪称慷慨悲壮、大义凛然的浩烈篇章。

《蕊罗春色》作于光绪六年（1880）。这一年山西巡抚曾国荃调离，由卫静澜短期接替，次年张之洞到任。当时，尚未考中进士的深秀正受聘太原崇修书院主持教席，同时讲学晋阳书院。据其《雪虚声堂诗钞》中记，“卫静澜中丞课试晋阳书院，有晋中景物四题拟示诸生，各二首”。实际就是，卫静澜亲临晋阳书院主持考试，拟定四个题目，深秀并为诸生写出了包括《蕊罗春色》二首在内的八首示范诗作，此即其中之一。而在另一首中有“蕊罗孤秀崛围东”之语，说明“蕊罗”位于太原的风景名胜崛围山之东。如今，崛围山仍在，诗中描写的美景与热闹的民俗却已消逝远去。

蜂攒嫩蕊迓[1]轻罗，	野蜂密集的鲜嫩花蕊扑向人穿戴的丝罗，
大好岚光浸黛螺[2]。	青青的山冈仿佛浸透着云金雾紫的光泽。
万灶烟清寒食节，	万家禁火的寒食时节不见些微炊烟，
千村鼓间太平歌。	只听得千村锣鼓伴和着太平的乡歌。

听鹂花底红飞榼[3]，	坐花丛听黄鹂啼啭酒器中似有浅红飘飞，
叱犊秧边绿上蓑[4]。	禾苗旁吆喝牛犊的农夫连蓑衣都绿意婆娑。
卜筑[5]秀容[6]良不远，	卜居于“秀容”距此地实在不远，
系舟山[7]下素心[8]多。	系舟山下风骨纯正的志士仁人从来多多。

【注释】

① 迓：读作 yà，迎接。

② 黛螺：古人常用以借指女子的美眉，也比喻翠绿的山峰。

③ 榼：读作 kē，古代盛酒或贮水的器具。

④ 蓑：读作 suō，指蓑衣，即用草或棕毛之类编制的防雨披具，也有头戴的蓑笠。

⑤ 卜筑：择地建宅、移来居住。

⑥ 秀容：汉代为阳曲县地，属太原郡，隋代时在此设忻州，又将“县西北五十里秀容故城”置为忻州管辖的秀容县，故此处所言秀容应指今太原阳曲县及其北面忻州的部分临近地区。

⑦ 系舟山：位于阳曲县城东北处，为汾河与滹沱河的分水岭，相传大禹治水勘察地形时曾将所乘小舟系于此山，故以得名。

⑧ 素心：心地朴实，也借指这样的人。